AF432756

L'ESPOIR DANS L'ESPACE HUMAIN

Titre : **L'espoir dans l'espace humain**
Auteur : **Gabin Conrad Afangnidé**
Mots clés : **Ingratitude - Espoir - Justice - Foi**
Édition : **2021**
Tous les droits de publication en langue française et autres sont réservés aux Éditions du Flamboyant & Communications, Éditeurs et distributeurs de publications.
08 BP 271 Cotonou - République du Bénin
Tél. - GSM : (229) 90 91 57 27
Courriel : leseditionsflamboyant@yahoo.fr
Conception graphique - Mise en page :
Les Éditions du Flamboyant & Communications
ISBN 978-99982-963-5-0
Dépôt légal numéro 12793 du 15.01.2021
1er trimestre - Bibliothèque Nationale du Bénin.

Gabin Conrad Afangnidé

L'ESPOIR DANS L'ESPACE HUMAIN

Mélanges

Les Éditions du Flamboyant & Communications

ISBN 978-99982-963-5-0

"L'Homme au service de lui-même"

Je pense pouvoir retrouver les moyens de solder mes manquements pour ajuster mon souhait dans la logique de mon bonheur.

Je comprends que tout ce que le temps avait avalé est difficile à récupérer car le destin de l'homme est une suite d'événements auxquels s'accroche notre vie.

Il est clair que l'homme naît dans un monde qui le contrôle et qui le manipule sans qu'il n'ait les moyens de se défendre rationnellement. Rien n'est donc singulier car tout est un processus de vie dans un monde obscure qui s'éclaire dans la vérité de son créateur.

Alors, les agitations dans le sens de certaines réalisations liées aux ambitions démesurées ne font que s'émousser dans nos rêves.

Il est donc justifiable que l'homme ne peut seul gérer sa vie sans un recours à son grand géniteur, Dieu le Père qui est au centre du possible. Le mal est un voisin du bien qui menace notre vie ; il faut l'identifier et l'éviter.

Je me réjouis souvent de parvenir à me libérer des soucis liés aux enjeux du temps qui régissent ma vie dans la communauté humaine. Ce monde qui se cherche chaque fois à conduire les rapports des hommes dans le sens de l'équilibre social.

Les tendances humaines à changer les normes naturelles des choses ne donnent que des résultats regrettables et douloureux.

Le monde nouveau dans lequel nous évoluons aujourd'hui continue malheureusement de provoquer des déséquilibres sociaux au point que certaines couches sociales semblent méconnaître leurs obligations et d'autres se demandent si elles sont maudites.

Au fond de mes réflexions

J'ai vu à travers ma vitre, le regard d'une vieille dame. Elle était assise sur un vieux tabouret.

Elle mélangeait le tabac local pour ses clients. Elle avait à enlever les mauvaises herbes et rendre le tabac pur pour la consommation.

Elle était assise depuis quelques heures ; pas très loin d'elle, un feu qu'elle avait mis pour la cuisson du haricot.

Elle était habituée à servir ses clients qui sont aussi pauvres qu'elle. Ces derniers venaient souvent demander des crédits. En échange, ils offraient souvent des produits des champs : maïs, manioc, haricot et autres.

Maman Malaba dans ses quatre-vingt ans était encore assez forte pour les petits travaux à la maison. Son mari restait souvent coincé dans la vieille case en bambou que la vie leur avait octroyée.

Le vieux Mamadou, comme on l'appelait, avait perdu ses deux jambes au champ ; un jour qu'il n'arriverait pas à oublier. Les mines anti-personnel placées par les rebelles n'avaient pas été entièrement détruites par le gouvernement central. Plusieurs chasseurs et cultivateurs de ce village avaient succombé les premières années sombres qui avaient suivi les affrontements entre les rebelles et l'armée nationale.

Ses habitants déjà meurtris par la misère avaient ensuite à la situation à faire face à ces mines abandonnées.

Maman Malaba restait donc toute la journée à réfléchir sur le sort que la vie leur avait réservé. Certes, ils étaient pauvres mais ils arrivaient facilement à se nourrir sans grands soucis. Mais le temps avait vite changé suite aux caprices des hommes.

Leur vie avait subitement changé. On pouvait lire dans son visage les nombreuses souffrances qu'elle avait endurées tout au long de sa vie. "L'homme, depuis ces années, est devenu plus mauvais que jamais" disait-elle dans ses pensées.

Mais après tout elle sentait un soulagement intérieur ; la mort qui ne tardera pas à les libérer de cette mésaventure. Un seul désir qu'elle exprimait, était que son mari mourût avant elle. Si le contraire arrivait, ce dernier souffrirait seul dans cette case sans grands soins des voisins.

1 - Derrière moi le vent

Derrière moi la poussière de mes souvenirs
Derrière moi les chants des oiseaux
Le chant des griots
Les cris des enfants
Les cris des populations sous la servitude
Les cris de nombreux paysans
Les cris de nombreux travailleurs
Les cris aigus et menaçants des douleurs vi-
sibles et invisibles
Je vois encore dans ce paysage les vestiges des
batailles qu'on nous a imposées
Je revois encore dans ma mémoire d'Hommes
toutes ces valeurs historiques qui s'écroulent
Tous les efforts consentis par nos devanciers
Le sang versé pour sauvegarder notre héritage
Le peu que nous pouvons toucher
Le peu qui fait de nous des hommes dignes
Le peu de choses dont nous avons hérité
La joie et la bravoure
La bravoure et le savoir

Le savoir et la connaissance
La connaissance et l'histoire
L'histoire et les hommes
Les hommes et la vie
La vie et la joie
La joie et la douleur
La douleur et la souffrance
La souffrance et l'entêtement
L'entêtement et les cris
Les cris de douleur
Les douleurs imposées
Les douleurs que les hommes ont imposées à
la vie
Ces douleurs qui accompagnent les hommes
Ces douleurs que nous n'arrivons pas à cacher
Ces douleurs que nous essayons d'endurer
Ces douleurs qui nous étouffent
Ces douleurs trop fortes à subir et à com-
prendre
Ces douleurs qui marquent les visages des
hommes et des femmes
Oui, ces taches qui restent toujours indélébiles
Ces taches qui restent insensibles au maquillage
Ces irréductibles et honteuses tâches de pauvreté
Ce poids qui pèse constamment sur notre vie
Ce drame qui semble noircir davantage notre
peau

Ce phénomène qui constitue la silhouette de
notre vie
Au delà de tout, point n'est besoin de nous
dire que nous devons trouver notre porte de
sortie
Mettre de l'ordre dans nos pensées et habitudes et progressivement nous parviendrons à
réaliser nos rêves.

2 - À toi mon fils

Je te vois, aujourd'hui, devant moi
Je te vois courir dans la maison
Les jours où je ne suis pas de bonne humeur
Je te gronde, je te fais des remarques
Mais, j'ai pour toi un profond amour
Un grand amour, car tu es une partie de moi
Tu es sorti de moi
J'ai souffert pour t'avoir
J'ai souffert pour te mettre au monde
Je souffre, aujourd'hui, à l'idée de te voir partir
Oui, ce jour tu devras me quitter
Tu vas me quitter et tu iras loin de moi
Je souffrirai encore plus de cette solitude
Je resterai prisonnière de ce chagrin
Je vieillirai vite, car mon corps va en payer le prix
Mon corps aura deux dommages
L'âge et le chagrin
Je pleure déjà intérieurement
Comme si je dois apprendre à pleurer
Je commence à pleurer pour m'habituer

Rien ne peut empêcher cette transition
Fais-moi une faveur, mon enfant
Garde-toi de t'éloigner des problèmes
Vis ta vie simplement et correctement
Sois moins ambitieux
Travaille et mange à la sueur de ton front
Appelle-moi souvent pour me faire plaisir
Pardon, mon fils n'oublie pas les conseils
Ce monde devient de plus en plus dangereux
Fais attention mon fils
Et maintenant laisse-moi pleurer
Je suis triste
Ô mon Dieu !

3 - Sois actif !

Agis, pour toi et pour les autres
Agis, pour montrer que tu es une créature ex-
ceptionnelle
Agis, pour changer ta vie
Agis, pour ne pas être obligé de réagir trop tard
Agis, et laisse les autres agir de leur côté
Agis pour élever le niveau de vie de ta famille
Agis pour sortir ton village de la misère
Agis pour trouver de l'eau à ces populations
Agis et surtout agis positivement
Agis et prouve que tu es un responsable
Agis pour aider les autres à s'auto suffire
Agis pour laisser à chacun son choix
Agis sans empêcher l'autre de se développer
Agis sans empêcher les autres d'être libres
Agis en apportant des solutions aux problèmes
Agis en dénonçant l'injustice
Agis en respectant les valeurs sociales
Agis en respectant les textes et les lois
Agis en étant humain et utile
Agis pour que demain soit mieux qu'aujourd'hui.

4 - Je t'ai vue et j'ai compris

Tu étais sous le coup de la douleur
Tu criais
Tu hurlais
Tu sentais péniblement cette douleur
Tu démontrais toujours cette force morale
Tu acceptais de souffrir avec Dieu
Souffrir pour que naisse un enfant
Tu contribuais valablement à la vie
Tu souffrais pendant neuf mois ou plus
Tu dormais difficilement
Tu mangeais difficilement
Tu avais un corps souffrant
Tu avais un corps malmené pendant des jours
Tu acceptais de prendre le risque
Tu acceptais de faire un parcours dangereux
Tu craquais les dents
Tu souffrais pour enfanter
Pour mettre au monde un enfant
Oui femme, tu es la créature la plus digne
Tu acceptes de donner au monde un enfant

Tu acceptes de souffrir pour accoucher
Tes efforts et ton courage sont incalculables
Dire que cet enfant, un jour, va te désobéir
Dire qu'un jour, cet enfant va te quitter
Te quitter sans même chercher à te rappeler
Te rappeler pour prendre de tes nouvelles
C'est visiblement dur ce que la vie t'a réservé
Courage, je crois que le Seigneur est là
Il voit tout et saura te soulager
Il saura te récompenser.

5 - Évitons l'ingratitude

L'Homme est un don de Dieu
L'Homme est un Béni de Dieu
L'Homme l'être le plus intelligent
L'Homme l'être le plus utile
L'Homme l'être le plus pourvu
Oui, Dieu lui a tout donné
Oui Dieu l'a mis au milieu d'un beau paysage
Oui Dieu lui a donné le contrôle sur toute
autre créature
L'homme se cherche toujours
Pourtant il a tout ce qu'il lui faut
Mais il est toujours avide de pouvoir
Quoique l'environnement lui soit favorable
Pourtant il a les solutions à ses besoins
L'Homme n'a pas encore compris
L'Homme n'a pas encore discerné
L'Homme n'arrive pas à faire la différence
La différence entre la vie et la mort
L'Homme mélange vie et mort chaque jour
Chaque jour, des scènes de guerre

Chaque jour, la culture et la promotion de l'in-
justice
Chaque jour l'homme s'éloigne de l'homme
Chaque jour l'homme développe son égoïsme
Comme chaque jour le pauvre est maltraité
La jungle, n'est plus dans les forêts
La jungle, est dans la société humaine
La jungle, c'est un État qui brime l'autre
La jungle, c'est l'indifférence des hommes
La jungle, c'est la course aux armements
La jungle, c'est la femme qui vit sans soutien
La jungle, c'est ce migrant emporté par la mer
La jungle, c'est les tueries au Congo
La jungle, c'est l'indifférence des États
La jungle, c'est notre refus de faire du bien
Notre refus de pardonner
Notre refus de collaborer
Notre refus d'aider les pauvres
Notre refus de fournir l'eau potable aux villageois
Chaque jour, l'égoïsme monte
Chaque jour, l'orgueil s'étend dans la société
Chaque jour, les forts imposent leur veto aux
faibles
Chaque jour, des scènes de violence dans les
foyers
Chaque jour, plusieurs enfants meurent

Chaque jour, l'homme détruit l'environnement
Oui, vous avez raison, l'Homme est un sac à
problèmes.

6 - Ce mal qui fout tout en l'air

J'ai difficilement retenu mes nerfs, j'ai compris encore de plus près, le mal et aussi combien plus nombreux sont les promoteurs du mal.

Telle l'eau de la rivière, qui monte et s'étend sur une large surface, j'ai vu le mal très proche de mon cœur, de mes yeux, sans que je ne sois capable de me retirer de cette tragédie.

Le monde s'éteint à petit feu vraiment, les valeurs tombent une à une comme des feuilles mortes, nous sommes les problèmes qui menacent notre monde, nous sommes tout ce qui entrave le développement humain, nous sommes les faux plans qui développent les crises par des crimes.

Ce que j'ai vu, je ne peux pas le dire facilement de peur de me voir considérer comme un naïf car certains ont vu pire et continuent de voir plus triste chaque jour que Dieu fait.

Les hommes se dressent contre les valeurs sociales, l'anarchie dans les sociétés humaines, les réseaux d'affaires deviennent plus vastes et montent des plans alarmants sans gêne ; tout ce qui peut profiter est bon même si ça fait mal dans l'autre camp.

On cherche le pire pour avoir son gain, on cherche le faux pour prouver ou justifier les drames économiques produits sur l'avenir des peuples. Rien ne se fait aujourd'hui sans que certains réseaux mélangent le faux et le pire pour avoir des résultats qui enrichissent certains contre d'autres.

Les faux sont assis dans les fauteuils et les honnêtes gens sont là, réduits à la mendicité récurrente.

Le mal est qu'on ne sait même pas quand ceci prendra fin car plus le temps avance, plus les crimes produisent gravement des crises dans l'environnement social déjà pourri par les faits courants ou récents.

Je prends mon bras pour essayer de me faire une couverture sur mon visage car, pour moi, je ne peux plus croire qu'il existe encore des couvertures matérielles crédibles pour servir de point de répit au fond de ces destructions sociales.

7 - L'eau nous donne une leçon

Chaque homme a une qualité
Chaque homme a une raison d'être
Chaque homme peut servir à quelque chose
Hier, certaines personnes sont exclues de certaines scènes
Hier, certaines personnes sont marginalisées
Marginalisées pour raison de leur rang social
Marginalisées pour leur origine
Marginalisées pour leur race
Marginalisées pour leur religion
Marginalisées pour leur pensée
Aujourd'hui, nous connaissons un progrès dans l'équilibre social
Aujourd'hui, nous avons un peu plus d'ouverture
Aujourd'hui, nous avons plus d'égalité
Aujourd'hui, nous avons plus de diversités
Aujourd'hui, nous avons un métissage partout
Le monde change et tout change
L'eau sale peut contenir des merveilles
L'eau sale peut contenir des minéraux

L'eau sale couvre le pétrole
L'eau sale nourrit les marigots
L'eau sale sort avant l'eau pure
L'eau sale couvre l'eau pure
L'eau sale peut servir à éteindre le feu
Cette réalité doit nous enseigner que tout
homme porte une histoire
Tout homme a une mission
Tout homme est une pierre de construction
La construction de notre société
La société des hommes
Les hommes créés et appelés à vivre ensemble
Cessons de diaboliser les immigrants
Ces immigrants sont les parents de vos futures
dirigeants
L'eau sale peut entrer partout même dans les
palais royaux
L'eau sale purifiée donne de l'eau potable
Pareillement, ces étrangers sont des parents
Des parents de personnes ressources
L'eau sale peut entrer partout
Juste un peu de temps et elle rentre dans la
maison royale.

8 - J'aimerais comprendre
(mon espoir brûle)

Regarde ce ver de terre
Il part tranquillement sur son chemin
Mais il ne peut aller loin
Quelqu'un lui en voudra sans raison
Oui, sans raison comme toujours ce jeune
homme subit
tous les regards de haine
Oui, comme cette jeune fille qui n'ira pas loin
Oui quelqu'un viendra barrer son chemin
Quelqu'un entrera dans sa vie pour la réduire
Comme ceux qui sont venus perturber notre
stabilité sociale
Comme ils sont venus nous réduire
Venus nous aliéner
Nous mettre dans un état honteux
Prendre possession de nos ressources
Envahir notre société
Détourner la tête des jeunes
Enseigner leur mode de vie

Diaboliser notre culture
Bafouer notre dignité
Profaner nos couvents
Recevoir les initiations spirituelles
Une stratégie pour nous affaiblir
Une orientation vers le goût du luxe et du confort
Nous recevons sans défense les coups
Nos reliques ancestrales tombent une à une
Nos valeurs culturelles disparaissent peu à peu
Nous perdons notre dignité
Nous sommes asservis
Ils sont nos patrons, et nous leurs valets
Ils ont installé leurs usines sur nos lieux de culte
Ils nous poussent progressivement vers une chute infernale.

9 - Où est l'Afrique ?

Maintenant nous sommes tombés bas
Nous sommes tombés plus bas
Toutes les valeurs culturelles africaines
Toutes les valeurs morales
Notre mémoire est rasée
Oui, notre tête porte de faux cheveux
Des cheveux qu'on ne connaît pas
Des ongles qui ne nous appartiennent pas
Oui nous avons aussi choisi de suivre le courant de destruction socioculturelle
Nous vivons ce que les autres veulent
Nous mangeons ce que les autres nous imposent
Nous portons ce que les autres ont déjà porté
Nous regardons ce que les autres veulent qu'on regarde
Nous n'avons pas le même niveau de vie
Parce que nous avons été chassés
Nous n'avons plus notre vie
Nous portons lourdement les séquelles des crises

Nous subissons chaque jour des douleurs
Des douleurs plus profondes, plus dures
Oui, voilà ce à quoi notre vie ressemble
Je pleure
Oui, je pleure encore
Nous avons des ressources dans nos terres
Mais nous sommes plus pauvres
Les gens viennent s'enrichir sur nos sols
Mais depuis nous sommes au même niveau
Même niveau de la pauvreté
Nous dormons sur le sol et ils dorment dans
les villas
Nous gardons leurs maisons quand ils dorment
Nous lavons leurs véhicules et essuyons les
chaussures
Ils nous regardent et se moquent parfois de nous
Nos frères vont vers eux dénoncer les leurs
Oui pour des peccadilles nos frères sont virés
Virés sans droit et aucun recours n'est possible
La justice est à leur portée
Ils décident du sort de ceux qui leur font tête
La colonisation est partie faire sa toilette
Oui elle est revenue sous une autre forme
Je ne saurai finir de pleurer
Car, bientôt, je ne saurai plus où se trouve
l'Afrique

10 - Je ne vois pas assez

Oui, ma vie est difficile parce que j'ai choisi
J'ai choisi de penser aux autres sans penser à moi
J'ai choisi de dire aux autres ce qu'ils doivent
faire sans jamais me demander ce que je dois faire
J'ai dénoncé sans vérifier
J'ai condamné sans justifier
J'ai aimé sans sincérité
J'ai couru sans chaussures
J'ai gagné sans aucun effort
Je vois, mais je ne comprends pas
Je pense comprendre mieux que je vois
Quand j'observe sans trop d'attention
Je sens que ça ne va pas
L'injustice est grandissante
La violence gagne la société
L'amour est rare
La vérité s'est éloignée des mœurs
Le respect de l'autre
La justice pour tous est tombée bas
Je rêve toujours de retrouver ce passé

Ce passé qu'on nous a compté
Ce passé que je lis dans les livres des sages
Qu'ai-je fait pour hériter ce monde
Qu'avons-nous fait de mal
Pourquoi, oh, mon Dieu, pourquoi nous ?
Oh, mon Dieu, viens nous sauver
Oh, mon Dieu, dis un mot pour nous sauver
Oh, mon Dieu, je crois, tu peux
Donne-nous ta grâce
Ta bénédiction
Oh, mes gens
Réveillez-vous
Oh, mon peuple, pardon
Pardons, les uns, les autres
Pardon !
Pardon !
Pardon pour mon pays
Pardon, pour mon continent
Pardon, pour le monde
Pardon, pardon, pardon.
Le monde bouge autour de moi
Les bonnes choses disparaissent
Les mauvaises choses apparaissent
Ces choses, oui
Ces choses, qui brillent, mais sont falsifiées
Ces choses qui circulent sur les réseaux

Je vis mais je souffre
Je souffre de la douleur que cette société crée
Ô mes gens, disons non à la haine !
Non à la guerre
Non à la violence
Non à la vengeance
Non aux conflits
Non à l'injustice.
Non au désordre
Non à tout ce qui est injuste
Non à tout ce qui tue
Non à tout ce qui détruit
Ensemble, disons non !

11 - Mieux comprendre la vie

Je passais devant cette résidence chaque matin
Chaque matin, je voyais le vieux assis devant
son appartement
Chaque fois que je passais devant cette mai-
son, il avait le regard fixé sur un seul endroit
Il avait toujours un regard interrogatif
Un regard déçu
Un regard qu'il jetait sur un tableau sombre
Un regard lourd et vague
Un de ces matins comme par hasard, je croisai
son regard
Je fis rapidement un signe de révérence pour
le saluer
Il répondit avec un air pâle, mais soulagé
Il semblait revenir de loin
Il semblait trouver un appui
Il semblait vider une partie de ses soucis
Dès mon retour il m'appela
"Monsieur comment vous vous portez ?"
Je répondis aussitôt : bien monsieur, et vous ?

Il engagea aussitôt une première conversation
J'attendais par curiosité un moment pareil
Je cherchais à faire la connaissance du vieux
Je cherchais à connaître ce qui l'agaçait
J'ai pu découvrir ce qui en est dans cet entretien
J'ai pu mesurer son état d'âme
Il commença doucement par raconter sa vie
"J'étais jeune comme vous
Je marchais chaque matin
Je travaillais dans la journée
J'avais ouvert ma propre entreprise
Je conduisais de très belles voitures
Je roulais carrosse donc
Mes deux enfants étaient encore petits et al-
laient à l'école la plus coûteuse de la ville
J'avais dans ma vie tous les honneurs
J'avais toutes les affections familiales
Ensuite, comme le temps passe si vite
Ma femme et moi sommes restés seuls
Seuls, car les enfants devraient poursuivre
leurs études universitaires
oui, je commençais par sentir un vide autour
de moi
Les enfants revenaient souvent en congé
Ensuite, ils partirent pour s'établir à leur propre
compte

Les rares moments que je peux échanger avec
eux est toujours le téléphone
Seul le téléphone nous permet de nous joindre
par moment
Je les appelle quand j'apprends qu'il y a un in-
cident dans leur ville
Je n'ai pas réussi à bâtir en eux cet amour filial
Alors je me sens maintenant coupable
Je sais aussi après que l'argent seul ne suffit pas
Oui, ensuite, ensuite" …
Le vieux tira de sa poche une cigarette et se
mit à distance pour tirer deux bouffées
Il revint ensuite et continua, je restai là sans
bouger
"Oui mon fils, j'ai fait beaucoup d'erreurs
dans ma vie
J'ai triché les pauvres gens
J'ai semé la division dans mon entreprise
J'ai renvoyé certains employés sans grande raison
Je revois ces moments
Je me sens malade, j'ai beaucoup d'argent en
banque
J'ai les biens matériels mais je n'ai plus d'amis
Je ressemble à un gros animal qui a de gros
pieds mais peut aller nul part
J'ai compris quand il était déjà tard

Maintenant c'est trop tard
Trop tard
Personne ne me visite
La famille, n'existe pas ici dans notre société
Chacun se met de son côté
Les amis que j'avais m'ont tous quitté
Mon orgueil ne me permit pas de garder les
amis pour longtemps
Même mes enfants me trouvaient trop dur
J'avais trop d'yeux pour l'argent et les affaires
J'avais trop d'ambitions, je voyageais beaucoup
pour les affaires
Ensuite l'âge avait pris le dessus sur moi
Je suis resté seul
Seul, et je compte mes jours
Ma femme aussi est affaiblie par l'âge, elle sort
rarement de sa chambre
Je reste ici assis pendant plusieurs heures
Pendant plusieurs heures, je regarde les pay-
sages, le monde, les gens
Je regarde mon passé dans un vide que moi-
même j'ai créé
Mon souhait est de pouvoir ramener le temps
Je ne peux rien, je ne peux que subir
Subir cette tragédie sur ma vie
Oui, un jour tu ne me verras plus assis ici

Mais tire une leçon de ce récit
Ne fais pas comme moi
Sois humble
Sois prudent
Sois tolérant
Sois juste
Garde ta foi
Sois généreux surtout…
Après ces conseils, il me remercia et je me re-
tirai, rempli tout mélancolique.

12 - Ensemble c'est mieux

Je sais tout et je comprends tout
Je vois tout
Car, c'est tout ce qu'on sent qu'on vit
C'est notre vie
On ne peut rien comprendre
On ne peut rien traduire
C'est difficile d'y croire
Mais c'est la vie
La vie est dure, oui, rendue dure oui
Dure et très dure
Dure pour certains, mais facile chez eux
Chez eux, ils ont tout
Ils veulent maintenant nous dépouiller
Nous séduire et nous réduire
Nous réduire et ensuite nous déloger
Nous déloger et nous asservir
Cette vie ne ressemble en rien à ce que nos
devanciers ont connu
Des gens ont décidé de nous rendre cette vie
dure

Les forts écrasent les faibles
Les faibles subissent la force des forts
Dis-moi, toi, que veux-tu ?
Que peux-tu ?
Que vois-tu ?
Tu ne dis rien ?
Dieu seul sait
Dieu seul peut
Il peut régulariser la vie
Oui, Dieu est fort
Il nous guérit de nos blessures régulières
Oui, heureusement qu'on peut croire
Qu'on peut espérer
Qu'on peut subir
Qu'on sait subir
Qu'on sait pardonner
Qu'on a appris à pardonner
Même si on a raison
Même si ça fait mal
Même si la douleur est forte
Même si on retrouve la force de la vengeance
La force de combattre
La force de prendre le dessus
Il faut avancer ensemble
Ensemble, nous serons forts
Ensemble, nous gagnerons

Gabin Conrad Afangnidé

Ensemble, nous trouverons la joie perdue
Ensemble, nous panserons nos blessures
Ensemble, nous marcherons sans crainte
Nous serons solidaires
Nous partagerons nos soucis et nos peines
Sans complexe, nous survivrons
Sans arrière-pensée, nous avancerons
Ensemble, Dieu nous sauvera
Ensemble, nous nous retrouverons à nos valeurs
Ensemble, oui, ensemble, ensemble
Tout est possible ensemble.

13 - Dans ma réflexion biblique sur Adam et Ève

Viens vite
Viens toucher aux merveilles de la vie
Viens, sors du vide et viens à la réalité
Oui, me voici
Reste donc ici ne bouge pas
Merci seigneur je ne vais nulle part
Avant de te laisser, je vais te créer une compagne
Oui merci beaucoup mon seigneur
Femme, sors du néant et viens à la vie
Oui me voici Seigneur
Heureuse d'être ici dans la vie
Mais je te présente ton compagnon
Il sera ton mari et toi tu seras sa femme
Restez unis
Restez en harmonie avec les codes de vie
Je reviens vous voir
Merci seigneur, nous sommes contents de res-
ter ici c'est
bien beau

Quelques jours après ils désobéissent
Nous sommes dans ce même cycle de nos jours
Faire le contraire de ce qui est bien ou bon
Prendre le dessus sur les faibles avec force
Malmener les faibles
Désobéir aux parents
Choisir de mauvaises compagnies
Se lancer dans des aventures
S'éloigner de la famille
Voilà comment l'Homme creuse sa propre tombe
Comme un arbre il faut garder ses racines pour rester bien
collé au sol.

14 - À la recherche du bonheur

Je ne sais ce qu'est devenue cette migrante
Je ne sais si elle a pu atteindre sa destination
Je l'ai vue dans la jungle
Je l'ai vue derrière les arbres
Je l'ai vue avec quelques hommes
Je l'ai vue tout essoufflée
Je pense toujours à elle
Je pense à ce qu'elle est devenue
Une femme au fond de la forêt
Une femme qui prenait de grands risques
Une femme assez naïve
Une femme qui pensait comme les hommes
Qu'elle pouvait changer sa vie
Qu'elle pouvait devenir riche
Qu'elle reviendrait au pays comme ses amies
Revenir au pays aider sa famille
Revenir au pays prendre soin de ses enfants
Revenir au pays construire une maison
Revenir au pays avec gloire
Dans notre appareil qui survolait la forêt

Dans cet hélicoptère de surveillance
Dans cet appareil bien équipé
Équipé pour une formation des officiers
Équipé pour toute mission
Équipé pour faciliter les opérations de surveillance
Je perdis de vue la raison de cette mission
Je ne pouvais plus respirer facilement
Je partais pour ma première mission
Je ne pouvais penser à ma mission
Je ne pouvais tenir ma respiration
Elle était la seule femme dans le petit groupe
Elle portait son sac au dos comme les autres
Ils étaient éparpillés en petits groupes dans la
forêt
Ils étaient en quête du bonheur
Ils pensaient trouver le bonheur en Europe
Ils ont fui la misère de leur pays
Ils ont laissé derrière eux, des espoirs
Ils ont quitté leurs parents
Ils ont laissé leurs familles
Ils s'évertuaient à traverser la Méditerranée
Sans chercher à mesurer le degré des risques
Sans comprendre que la vie n'est pas facile
même ailleurs
Sans comprendre le prix à payer pour cette
aventure

La vie est parfois plus facile quand on prend
moins de risque
La vie est simple pour ceux qui sont simples
La vie est dure pour ceux qui prennent des
risques
C'est difficile de toutes raisons qui poussent
ces migrants
Il est vrai que la guerre oblige des gens à quit-
ter leur pays
Certains ont compris que rien ne se perd
Certains ont bien su prendre des dispositions
Certains se gardent de se jeter dans des aventures
Chaque jour des morts dans la forêt
Chaque jour des corps des migrants sur la plage
Chaque jour plusieurs Africains se jettent dans
l'aventure
D'autres pensent que tout est possible
D'autres sont obligés de courir le risque
D'autres ont fui la guerre
Il faut prévenir les conflits
Il faut éviter la guerre
Il faut éduquer la jeunesse
Il faut former la jeunesse
Il faut lutter contre la pauvreté
Il faut que les Africains construisent leur bonheur

Il faut qu'ils comprennent que le bonheur se
construit
Il faut qu'ils acceptent de travailler dur
Il faut accepter de coopérer
Il faut promouvoir l'entrepreneuriat
Il faut qu'ils acceptent d'être ensemble
Il faut une gestion rationnelle des ressources
Il faut aider les populations après la guerre
Ces guerres qui profitent à certaines personnes
Ces guerres qui enrichissent certains réseaux
Une triste réalité qui se déroule sous nos yeux
Il faut donner de l'eau à ceux qui en ont besoin
Il est temps que l'Afrique se prenne en charge
La diaspora africaine doit s'impliquer
Pour redonner de l'espoir
Trouver des solutions aux crises
Tous les Africains doivent se réveiller.

15 - Restons éveillés

Que sont-ils pour nous ?
Que sont-ils pour toi jeune homme
Que sont-ils pour toi mademoiselle ?
Dis-moi, sont-ils revenus après les élections ?
Dis-moi ce qu'ils ont fait d'important
Dis-moi si depuis quelque chose change
Dis-moi où est l'eau potable qu'ils ont promise
Dis-moi si les écoles ont été aménagées
Dis-moi juste un mot sur ce qu'ils font
Dis-moi ce qu'ils défendent
Leurs poches ou leurs proches ?
Leur famille ou leurs parents ?
Leurs amis ou les collaborateurs ?
Leurs maîtresses ou les bureaux ?
Oui ceux-là ne sont pas faits pour nous aider
La démocratie est venue, on a chanté
La démocratie est venue, on a crié
La démocratie est venue, pourtant rien
Pourtant rien n'a changé

Pourtant les hôpitaux sont encore plus sales
Pourtant les librairies sont vides
Pourtant les détournements continuent
Vous allez bientôt encore les soutenir le ventre
vide
Vous allez encore quitter vos champs pour les
applaudir
Vous allez encore sauter dans leur véhicule
Vous allez encore perdre votre temps
Je vous dis qu'ils ne sont pas sérieux ces mecs
Je dis qu'elles sont égoïstes ces dames
Je vous dis que rien ne peut changer
Allez travailler
Allez-vous occuper de vos obligations
Allez travailler comme s'ils n'existent pas
Allez travailler sans compter sur eux

Vivez votre vie sans attendre qu'ils viennent
Ils n'auront pas de temps pour vous
Ne perdez pas votre temps pour eux
Ne perdez pas le temps pour leurs petits sous
Travaillez, travaillez comme si tout dépend de
votre travail
Ne vous laissez pas emporter par les illusions
Restez dignes, faites un bon usage de vos ca-
pacités humaines

Le reste viendra sans ambages
Comptez sur vos propres forces.
Le vrai pardon.

16 - Tout peut changer

Je sais que nous avons tort
Mais nous refusons de le reconnaître
Je sais que nous pouvons mieux vivre
Mais nous sommes égoïstes
Je sais que ce monde peut être agréable
Mais l'homme fait toujours le mal
Je sais que certaines personnes peuvent aider
Mais elles sont égoïstes
Je sais que les autorités sont témoins de l'in-
justice
Mais elles défendent leurs intérêts
Je sais que moi-même je peux apporter quelque
chose
Mais je suis dans le doute
Je sais que nous sommes tous porteur du bien
ou du mal
Mais l'individualisme nous retient
Je sais que tout homme peut changer
Mais l'orgueil est trop élevé
Je sais que le bien-être est un produit

Mais personne ne veut contribuer
Je sais que nous pouvons faire cette culture
Mais nous sommes réticents
Je sais que rien n'est éternel
Mais personne ne veut comprendre
Je sais que la corruption est partout
Mais certains pays savent la contrôler
Je crois que tout est possible
Mais nous perdons la foi
Je crois que tôt ou tard la vie change
Mais personne ne veut espérer
Je sais que l'amour exige le pardon
Mais
Je sais que ce n'est pas facile d'oublier
Je sais que ce n'est pas ce que les autres pensent
Je sais ce que je veux et pense
Mon attente est grande mais Dieu est plus fort
Mon souhait est de voir tout le monde en paix
Mon vœu est de nous entendre
Mon ambition est de pouvoir vous aider
Mon doute est loin car mon espoir est grand
Mon agenda est dans la main de Dieu
Chercher toujours le bien
Chercher le bien-être
Chercher le bonheur des autres aussi
Chercher à être plus utile

Gabin Conrad Afangnidé

Chercher à faire plus de sacrifices
Tout est grâce
Tout est amour
Toute l'histoire du monde est avant tout amour
L'amour rassure
L'amour sauvegarde les liens
L'amour protège la nature
L'amour facilite les échanges
L'amour rend la justice aux pauvres
L'amour est un don de Dieu
L'amour vient de Dieu.

17 - Justice pour tous

Oui, oui c'est votre faute
Oui, c'est vous qui détruisez ce que Dieu a créé
Vous changez les logiques sans être logiques
Vous parlez de dons sans rien donner
Vous parlez d'économie sans être économiques
Vous parlez de communauté sans rien en
commun
Vous voulez le bien, sans jamais faire du bien
Vous parlez de Dieu sans amour
Vous parlez loi sans respect des textes
Vous poussez les pauvres à la misère sans ver-
gogne
Vous mangez seuls et parlez de partage
Vous chargez les autres de tous sans rien porter
Oui vous voilà
Oui c'est douloureux et triste
Vous punissez l'innocent
Vous maltraitez les femmes
Vous torturez les enfants
Vous copiez les autres sans comprendre

Vous voyagez partout sans connaître tout
Vous puisez les maigres sous de l'État pour rien
Vous vivez classe sans souci des autres
Vous chantez partout que c'est les Blancs
Vous accusez toujours que c'est les Blancs
Pauvres Afrique
Quand pourrons-nous comprendre ?
Comprendre nos erreurs et les corriger
Les corriger ensemble avec amour
Vivre ensemble dans le partage
Vivre en communion comme des humains
Vivre en respectant le droit des pauvres
Vivre dans la justice
La vraie justice
Le vrai amour
Le vrai pardon.

18 - Exhortation

Cherche ton bien et travaille pour l'avoir
Ton avoir doit être le fruit de ta sueur
Ta sueur doit porter des fruits
Pour te nourrir
Pour te loger
Pour t'habiller
Oui, c'est cela même ton identité
Ton identité protège ta dignité
Ta dignité se révèle à travers ta personnalité
La personnalité est fille d'une noblesse morale
Contente-toi de ce que tu peux faire
Fais-le bien et démontre ta créativité
Ta créativité est le fruit de ton don
Ce don est de Dieu
Dieu est avec toi quand tu es juste
Quand tu es juste, tu défends la justice
La justice n'est pas toujours à la justice
À la justice, l'Homme peut malmener l'Homme
Mais, toi choisis toujours d'être juste
Vas dire à tous tes amis que tu veux être juste

Dis-leur que tu n'es pas juge mais que tu aimes
la justice
La justice protège les valeurs
Les valeurs sociales
Les valeurs culturelles
Les valeurs religieuses
Les valeurs humaines
Oui, va loin
Va encore plus loin
Dis leur que tout doit être juste
Juste pour être bon
Bon pour être juste
Juste pour l'amour
L'amour pour les valeurs
Les valeurs pour le bien-être
Le bien-être pour tous
Tous pour la société
La société pour tous les hommes
Tous les hommes doivent être justes
Justes pour le bien-être
Le bien-être pour le bonheur
Le bonheur enveloppe le pardon
Le pardon enveloppe la tolérance
La tolérance pour l'ouverture d'esprit
L'ouverture d'esprit pour le partage
Le partage dans la justice

La justice pour tous
La justice pour nous tous
Nous tous pour le monde
Le monde juste pour nous tous
Nous tous pour un monde juste.

19 - Ils font semblant ?

J'ai compris encore ceci
J'ai compris un peu tard
Un peu tard après avoir tenté de me battre
Oui, Certaines batailles sont inutiles
Après avoir allumé des querelles
Des querelles pour me venger
Des répliques pour me défendre
Me défendre contre l'injustice
L'injustice des injustes contre les justes
Comme les injustes ont institué la justice
Une sorte de ligne rouge pour nous contrôler
Pour contrôler les justes ou innocents
Cette ligne de restriction humiliante
Cette ligne qui nous confine
Nous confine comme des animaux
Notre liberté est bien taillée
Car si nous sommes trop libres ils perdront
Ils perdront le contrôle sur notre vie
Ils nous imposent la pauvreté
Pour que notre pauvreté renforce leur richesse

Nous travaillons pour eux
Ils nous donnent le minimum
Le minimum pour nous garder
Nous garder pour longtemps
Pour que nous ne leur échappons pas
Alors l'injustice fait appel à la justice
 La justice gouverne les pauvres
Les pauvres doivent obéir aux riches
Si non la justice les frappe fort
Les riches cultivent l'injustice
Alors ils utilisent la justice pour semer l'injustice
Demander aux gens d'être justes
 Leur demander d'être justes sans être justes
 Alors les lois sont votées
 Des lois qu'ils n'observent pas
Des lois instituées pour nous, contre nous
Nous les pauvres, les chariots
Oui, nous sommes des chariots
Mais eux sont assis dans les chariots
Tant que le voyage est long nous courbons
l'échine
Nous devons obéir à tous leurs caprices
Nous nous levons tôt et nous couchons tard
Ils se lèvent tard et se couchent tôt
Quand ils dorment, nous les gardons
Quand ils se lèvent, nous recevons des corvées.

20 - L'Afrique est sale ?

L'Afrique est sale ? Dites le moi !
Devant les maisons, des matières fécales
Devant les maisons, des tas d'ordures
Devant les étalages, des ordures gigantesques
Devant les églises, des dépotoirs
Devant les écoles, des flaques d'eau nauséabonde
Devant les structures administratives, des
ordures
Devant les couvents, des restes d'animaux,
des
calebasses
L'Afrique est sale ? Répondez-moi !
Parce qu'on est pauvre ?
Parce qu'on n'a pas d'emplois ?
Parce qu'on n'a pas les moyens ?
Dites-moi l'Afrique est sale ?
Les autorités publiques sont là
Les autorités religieuses oui
Les agents de santé à côté
Les coiffeuses sont partout

Les hommes de métiers
Les religieux et religieuses partout
L'Afrique est sale ? Je veux savoir
Certains ont vécu en occident
Certains disent qu'ils sont des intellectuels
Certains parlent d'épidémies
Certains parlent de grèves
Certains parlent de richesse
Certains parlent de sans emplois
Mais dites-moi, l'Afrique est sale ?
Dire que les autorités vivent dans ces
quartiers
Dire que des gens gagnent leur vie dans
ces milieux
Dire que les enfants sont pieds nus dans
ces ruelles
Dire qu'un financement a été accordé
Pourtant rien n'est fait
Pourtant personne n'en parle
Pourtant des centres de santé sont dans
ces zones
Pourtant des gens hautement qualifiés
ne disent rien
Le développement a horreur d'insalubrité
peuple
La salubrité est un facteur de développement
Ensemble sauvons l'Afrique.

21 - Ne pas perdre la foi

Je crois que tôt ou tard la vie change
Mais personne ne veut espérer
Je sais que l'amour exige le pardon
Je sais que ce n'est pas facile d'oublier
Je sais que ce n'est pas ce que les autres pensent
Je sais ce que je veux et pense
Mon attente est grande mais Dieu est plus fort
Mon souhait est de voir tout le monde en paix
Mon vœu est de nous entendre
Mon ambition est de pouvoir vous aider
Mon doute est loin car mon espoir est grand
Mon agenda est dans la main de Dieu
Chercher toujours le bien
Chercher le bien-être
Chercher le bonheur des autres aussi
Chercher à être plus utile
Chercher à faire plus de sacrifices
Tout est grâce
Tout est amour
Toute l'histoire du monde est avant tout amour

L'amour rassure
L'amour sauvegarde les liens
L'amour protège la nature
L'amour facilite les échanges
L'amour rend la justice aux pauvres
L'amour est un don de Dieu
L'amour vient de Dieu.

22 - Regarde ce ver !

Il part tranquillement son chemin
Mais il ne peut aller loin
Quelqu'un lui en voudra sans raison
Comme ce jeune homme subit tous les regards de haine
Oui comme cette jeune fille qui sera maltraitée
Oui quelqu'un viendra barrer le chemin de maturité
Quelqu'un viendra barrer le chemin du développement
Comme ils sont venus perturber notre stabilité sociale
Comme ils sont venus tout détruire
Ils sont venus nous réduire
Nous mettre dans un état comateux
Nous sommes frappés sans raison valable
Nous sommes malheureux pas de force
Nous sommes battus sur notre propre cour
Sur notre propre sol
Pour rien au monde cela ne sera justifié

Avant tout est calme
Avant tout est serein
Tout vit
Tout est vivable
Maintenant nous sommes tombés bas
Nous sommes tombés plus bas
Toutes les valeurs culturelles africaines
Toutes les valeurs morales
Notre mémoire est rasée
Oui, notre tête porte de faux cheveux
Des cheveux qu'on ne connaît pas
Des ongles qui ne nous appartiennent pas
Oui, nous avons aussi choisi de suivre le cou-
rant de destruction socioculturelle
Nous vivons ce que les autres veulent
Nous mangeons ce que les autres veulent
Nous portons ce que les autres ont déjà porté
Nous regardons ce que les autres veulent
qu'on regarde
Nous vivons dans la brousse
Parce que nous avons été chassés
Nous n'avons plus notre vie
Nous portons encore des traces des crises
Nous subissons chaque jour des douleurs
Des douleurs plus profondes plus dures
Oui, voilà ce à quoi notre vie ressemble

Gabin Conrad Afangnidé

Je pleure
Oui je pleure encore
Je ne saurai finir de pleurer
Pardon, pour que ce monde soit stable
Aimons-nous les uns les autres.

23 - Les hommes

Oui, oui c'est votre faute
Oui c'est vous qui détruisez ce que Dieu a créé
Vous changez les logiques sans être logiques
Vous parlez de dons sans rien donner
Vous parlez d'économie sans être économiques
Vous parlez de communauté sans rien en commun
Vous voulez le bien, sans jamais faire du bien
Vous parlez de Dieu sans amour
Vous parlez de loi sans respect des textes
Vous poussez les pauvres à la misère sans vergogne
Vous mangez seuls et parlez de partage
Vous *chargez les autres de tous* sans rien porter
Oui, vous voilà
Oui, c'est douloureux et triste
Vous punissez l'innocent
Vous maltraitez les femmes
Vous torturez les enfants
Vous copiez les autres sans comprendre

Vous voyagez partout sans connaître tout
Vous puisez les maigres sous de l'état pour rien
Vous vivez classe sans souci des autres
Vous chantez partout que c'est les Blancs
Vous accusez toujours que c'est les Blancs
Pauvres Afrique
Quand pourrons-nous comprendre ?
Comprendre nos erreurs et les corriger
Les corriger ensemble avec amour
Vivre ensemble dans le partage
Vivre en communion comme des humains
Vivre en respectant le droit des pauvres
Vivre dans la justice
La vraie justice
Le vrai amour
Le vrai pardon.

24 - Mon ami

Il faut encore que je parte, cette fois plus loin. Il fallait que je m'envole. J'avais déjà appris sans dépendre des autres. Je recevais aussi des vacanciers. Je payais les loyers des amis en difficulté. Je pensais déjà aller plus loin dans mes rêves, dans mes ambitions. J'étais ce lundi avec un ami qui me faisait une confidence. J'ai eu mon visa hier « Ah bon ! C'est un grand changement dans ta vie. Tu vas chez qui ? Il baissa la tête et quelques secondes après me dit. » J'ai trouvé une dame à la frontière l'an passé, elle était en visite touristique. Je vendais des objets d'art. Nous avons eu des conversations. Pendant une semaine nous avons échangé. À son retour elle m'avait appelé et comme toujours je lui exprimais mon désir d'aller en Europe... Je ne pouvais m'empêcher de remuer ce que j'ai lu dans ce livre que je tiens toujours dans mon sac à main. Dans ce livre j'ai beaucoup appris sur la vie des Africains en Europe.

Je lisais et relisais l'histoire de ce jeune homme qui abandonna ses parents avec tous les atouts en Afrique. Il partit en aventure. D'abord par la France, de là s'était retrouvé en Allemagne après quatre ans de vie clandestine. Une vie qui ressemble à la situation d'un crabe dans une jarre. Il était bien nourri, celle chez qui il avait trouvé abri est une fortuné. Il réussit à obtenir son permis de travail dans une courte durée. À ce stade, on pouvait penser qu'il était sorti d'affaires mais ce qui l'attendait était encore pire...

25 - Cet appareil qui attire

Dans mon champ je voyais ces avions atterrir
ou décoller
Dans mon champ je regardais toujours ces appareils
Dans mon champ le bruit me parvenait
Le bruit d'un décollage ou d'un atterrissage
Le bruit de ces appareillages
Le bruit de ces grands moteurs
Je me sens souvent malheureux de ne jamais
monter dans ces avions
Je me sentais toujours incapable
Incapable tant mon petit revenu me suffit à
peine
Si j'avais le choix je partirais comme les autres
Si j'avais le choix je quitterais ce travail malheureux
Si j'avais les moyens je partirais aussi dans ces
avions
Si la chance se présente j'en serai comblé
J'ai longtemps cherché à comprendre

J'ai cherché à savoir qui sont ceux qui peuvent
voyager
J'ai toujours pensé que ce sont les plus nantis
J'ai appris ensuite que tout le monde peut
voyager
J'ai ouï dire que les Africains voyagent aussi
pour une raison
Principale : aller trouver le bonheur
Des gens vendent leurs biens pour se lancer
dans ces aventures
J'ai aussi demandé pourquoi les pauvres voyagent
Mon voisin, un jour, m'a éclairé sur ce sujet
Il n'avait pas eu le temps de me parler de ses
aventures jusqu'à ce jour où il sentit la néces-
sité de me parler de son aventure et enfin, je
compris depuis ce que c'est que le bonheur
Le bonheur est partout mais il faut le construire
Le bonheur est le produit des efforts des gens
Le bonheur c'est le fruit de ton bonheur d'une
part est de
jouir de la vie
Le bonheur ensuite est de vivre en sécurité
Le bonheur c'est de manger à sa faim
Le bonheur c'est de vivre en communion avec
ses voisins
Le bonheur est un patrimoine socio-économique et culturel

Le bonheur s'étend sur tous les autres aspects
de la vie
Le bonheur c'est de se coucher et se réveiller
sain et sauf
J'ai enfin bien compris que le bonheur est
comme le soleil et la lune
J'ai compris que le bonheur est présent partout dans le monde.

26 - Dans mes pensées

J'aime regarder
Regarder ou simplement observer
Observer ce qui devient sombre
Observer et chercher à comprendre
Comprendre ce qui devient lugubre
Le souffle de la vérité est dans l'homme
L'homme est porteur d'un message
Le message d'amour et du pardon
Le pardon moteur de fraternité
Le pardon l'équilibre moral de l'autre
L'autre qui se retire simplement à défaut
Se retire pour trouver sa famille
Trouver un être aimant
Oui, l'homme cherche une affection
Une affection qui devient très rare
Cette crise morale produit celle sociale
Cette société qui se cherche
Cette société où le lamentable devient joie
La joie devient la source de douleur ailleurs
Oui ailleurs certains n'ont rien

Certains vivent mal
Certains dorment mal
Certains dorment le ventre creux
Oui tout ça tu me dis que c'est la vie
La vie des hommes
Les hommes sont différents ?
Ah bon j'ai compris
J'ai compris ce qui tourne mal
Ce qui n'accroche pas
Ce qui n'arrange pas
Faut donc que je comprenne
Qui peut me dire le contraire
Le contraire du bien
Le contraire du bien-être social je crois
Le contraire de ce que je sens
De ce que mes yeux me montrent
Le contraire de ce que j'endure
Je veux chercher mais je sais pas comment
Je veux avancer mais suis coincé
Je suis vraiment diminué
Je n'ai plus la force
Je n'ai plus d'énergie pour avancer.

27 - La stabilité sociale donne la paix

Le soleil descendait fortement sur ce village
Il brûlait bizarrement le sol du village
Les animaux se déplaçaient en quête d'abris
Les pneus de certains véhicules ne tenaient plus
Les villageois étaient regroupés sous les arbres
La chaleur battait son plein
Quelques animaux domestiques se faufilaient
sous les hangars
De loin, un mécanicien s'évertuait avec ses ap-
prentis à réparer des engins qui lui sont confiés
Les rares voitures qui circulaient sont les vé-
hicules 4×4 des missions ou des ONG de la
localité. Une femme criait fort à côté sous un
hangar
Elle attendait d'être évacuée à la maternité
pour accoucher
Un des véhicules d'une mission de passage cher-
chait à ralentir mais la personne installée derrière intima l'ordre au chauffeur de continuer
Le chauffeur un jeune homme de la localité

très attristé ne put rien face à ses obligations
professionnelles
Les badauds réussirent à prendre la femme sur
un âne sous le soleil
Ils se dirigeaient à la maternité du village quand
subitement le pire arriva de loin des coups de feu
Un groupe d'assaillants fait irruption avec un
véhicule 4×4 en tirant en l'air
Tout le monde courait dans tous les sens
L'âne qui transportait la femme enceinte est
heureusement partie de l'autre côté de la ville
Les habitants avaient trois soucis
Le soleil, la chaleur et les assaillants
Des chaussures de toutes sortes étaient épar-
pillées partout sur le sol
Les assaillants sont repartis après avoir éloigné
les habitants et rentré dans quelques boutiques
prendre tout ce qu'ils voulaient
Les deux agents de sécurité en poste avaient
très tôt remarqué l'arrivée des assaillants et
détalèrent avec leurs motos comme si leur pré-
sence à ce poste n'avait rien d'important
Quelques semaines après nous apprîmes que
certains jeunes du village ont fui vers d'autres
villes pour échapper à ces descentes des assaillants devenues régulières

Oui, les populations africaines ne savent plus
où mettre la tête
Quelques hommes du monde sont visible-
ment à l'origine de cette crise
Les hommes agissent sur le climat
les hommes montent certains hommes contre
d'autres
Certains hommes pour se venger contre cette
injustice ont pris leurs armes et tirent partout
Oui voilà là où nous sommes tombés
Chaque jour des innocents meurent dans les
places publiques
L'orgueil humain cause trop de soucis aux innocents dans le monde
À quand la fin ?
Pensons-nous que seule la force peut régler
les conflits ?
Faut-il ne pas donner à César ce qui est à César ?
Il est temps qu'on comprenne que seuls le
dialogue et la justice peuvent ramener la paix
dans le monde.

28 - Les populations se réveillent

Comme si tout était encore calme, il s'introduisit dans la foule
Il pensait être toujours plus intelligent
Il était dans toutes les campagnes politiques
Il a pris un surnom : le soleil
Et son slogan est : quand le soleil se lève, il est là et "quand le soleil se couche, il se couche" Un slogan qu'il faisait circuler tout comme s'il avait l'assurance que la situation serait toujours à sa portée. Après les installations, il revint encore ce jour avec une délégation
Après les salutations d'usage et le mot de bienvenue, il prit la parole
Il criait comme si les micros ne servaient plus à rien
Il forçait tout le monde à l'écouter
Il avait pris le soin de faire les portes à portes
Comme toujours, il criait plus fort
Et soudain un vieil homme se leva
Il se leva et tout le monde commença par applaudir

Il a déjà assisté à pas mal de ces meetings
Il ajusta son pagne au coup qui lui tombait sur
un côté
Après avoir salué toute l'assemblée
Il demanda au "mafieux" des élections
Regarde nous bien dans les yeux
Regarde tous ceux qui sont ici
Regarde bien ; Est-ce que quelqu'un ici res-
semble à un animal ? Est-ce que tu as vu tous
ceux qui sont venus ? Il y en a qui n'ont pas
encore mangé
Il y a en a qui ont perdu leurs enfants
Il y a en a qui ne peuvent plus contrôler leur
foyer
Oui il y a en a qui ne peuvent pas se soigner
Mais toi, enfant pourri, tu viens toujours nous
raconter des histoires
Tu reviens chaque cinq ans pour nous répéter
le même discours
Oui mes gens, regardez le bien
Regardez bien ces gens : il s'agit de toute la
délégation
Ils sont pires que les maladies
Ils sont pires que les épidémies
Je vous invite à crier fort sur lui
Dites leur ensemble ; sortez d'ici ! Ils répé-

taient tous : sortez d'ici, vous n'avez même pas
honte de revenir ici
Vous n'êtes pas conscients des victimes que
vous faites à chaque période d'élection
Vous n'avez plus d'autres activités à faire que
profiter de ce pays ?
Et à quelques mettre de là
On entendait : "Sortez d'ici voleurs de la ré-
publique"
"Sortez vite et allez loin d'ici"
La délégation réussit à se frayer un chemin
Encadrée par les forces de sécurité
Comme dit le dicton "la bûchette était mouillée
Pas de feu mais une pluie de honte".

29 - Gratitude aux femmes

Vous êtes vraiment spéciales
Vous êtes les porteuses du monde
Vous êtes ce que l'imagination ne peut trouver
Vous êtes à respecter
Je parle de vous, nos mères
Je parle de celles qui portent ces enfants au dos
Je parle de celles qui ont le courage de garder
leur grossesse à terme
Je parle de celles qui malgré toutes les vicissi-
tudes de la vie ne baissent pas les bras
Je parle de celles qui ont laissé leur loisir pour
s'occuper de leurs enfants
Je parle de vous qui acceptez que votre corps soit
déformé pour donner naissance à un enfant
Je parle de vous qui travaillez matin, midi et soir
Je parle de vous qui ne recevez aucune consi-
dération de la gent masculine
Je parle de vous qui êtes maltraitées et humi-
liées tout le temps
Je parle de vous qui souffrez seules pour vos
enfants

Je parle de vous qui restez parfois affamées au
profit de vos enfants
Je parle de vous qui avez le courage de porter
le monde
Je parle de vous qui souffrez la douleur de l'ac-
couchement
Oui ces douleurs pires que les douleurs des
maux de dents
Je parle de vous avec révérence
Je parle de vous avec amour
Je parle de vous en vous demandant pardon
Pardon pour ce que le monde vous fait endurer
Pardon pour toutes les maltraitances
Pardon pour les humiliations
Pardon pour tout ce que les hommes vous font
Ce qu'ils font consciemment ou inconsciemment
Si je pouvais parcourir toutes les villes
Si je pouvais parcourir tous les pays
Si je pouvais aller partout vous remercier
Du fond de mon cœur au nom de tous les
hommes
Au nom de tous les enfants
Notre grande joie, c'est vous
Notre grand amour c'est vous
Vous êtes des ouvriers mal payés
Vous méritez tous nos honneurs

Je pleure de ne pas pouvoir dire mon sincère
merci à ma mère
Elle est partie mais elle existe toujours à tra-
vers vos engagements
Elle vit à travers vos dévouements
Elle vit à travers vous qui portez une grossesse
À travers vos douleurs à l'accouchement
Elle existe toujours à travers votre assistance
régulière
Votre participation au développement des fa-
milles
Elle existe à travers votre fidélité aux valeurs
humaines
Elle existe à travers votre amour de la famille
Je vous présente toutes nos excuses pour tout
Tout ce que les enfants vous font endurer
Nos excuses pour tous les manquements
Pardon pour tous les malentendus et tous nos
caprices
Pardon pour tout ce que nous vous faisons en-
durer chaque jour
Vous êtes des sacrifices humains en matière
de douleurs.

30 - Des intellectuels ?

Sont-ils intelligents ?
On les appelle des intellectuels
Ils rient et parlent en Langues Étrangères
Ils diabolisent les langues locales
Ils critiquent sans apporter de solutions
S'ils savaient que leurs études devraient servir
à quelque chose
S'ils savaient que les villageois les prennent
pour des demi-dieux, des génies
Oui, ils sont comme le soleil qui refuse de sortir
Ils sont comme la lune qui refuse de sortir
Ils sont comme ces véhicules garés pendant
plusieurs mois ou années dans la rue
Ces véhicules qui n'iront nulle part
Ces véhicules abandonnés à leur sort
Ils sont comme ces gros mortiers qui ne servent
plus à rien
Ils sont comme ces églises où les pasteurs
prennent tous leurs fidèles pour des imbéciles
Ils sont comme ces forgerons qui vieillissent
sans créativité

Ces forgerons qui ont perdu leur virilité sur
des produits qui se vendent à vil prix
Ils sont comme ces hôpitaux où les médecins
ne savent même pas qu'ils sont utiles
Oui, ces hôpitaux qui manquent de tout, où
les conditions de traitement sont déplorables
Ils sont comme ces barons de la classe poli-
tique qui circulent avec plusieurs millions de
dollars en poche
De l'argent volé
De l'argent détourné
Oui, des ennemis du développement
Oui, ces barons qui circulent dans de belles
voitures sur des routes mal entretenues
Ces messieurs qui s'habillent comme des rois
Ces messieurs et dames qui construisent dans
des quartiers sales
Ils sont comme ce chantier du bâtiment d'une
assemblée en Afrique qui est mort-né
Comme ces infrastructures dont les chantiers
ne finissent jamais
Ces chantiers ont la malchance d'être conduits
par des vautours
Oui, comme ces Africains de la diaspora qui
font la honte de leur pays
Comme ces Africains de la diaspora qui sont
sans ambitions pour leur pays

Comme ces Africains qui rentrent au pays
pour la facilité et la corruption
Comme ces pays où la corruption et l'impuni-
té font route
Ils sont comme ces juges qui ne peuvent ja-
mais dire la loi
Ils ne peuvent dire la loi car ils dépendent d'un
réseau
Ils sont comme toi qui te dis intellectuel
Toi qui ne peux même pas te prendre en charge
Ils sont comme ces ingénieurs assis dans les
bureaux sans rien réaliser depuis plusieurs an-
nées et prêts à prendre leur retraite
Ils sont comme ces agents de santé qui passent
tout le temps à voler les médicaments des patients
Comme ces médecins qui détournent les ma-
lades au profit de leurs cliniques privées
Ils sont comme ces systèmes politiques en
Afrique où le développement est ébranlé par
la corruption
Ils sont comme ces fruits qu'on ne mange pas
Comme ces chiens qui fuient les voleurs
Comme ces maisons remplies de locataires
sans toilettes
Ces maisons où les locataires sortent la nuit
faire leurs besoins

Ils sont comme ces jeunes qui passent leur
temps dans les buvettes
Comme ces hommes de métiers qui prennent
les avances sur les réparations et passent leur
temps dans les maquis
Oui, ces patrons qui n'apprennent rien de sé-
rieux à leurs apprentis
Ils sont comme ces lacs sans poissons
Oui, je parle des intellectuels tarés et toutes les
autres catégories de tarés
Ils sont légion en Afrique
Oh pauvre Afrique !

31 - L'Homme, le maître du monde

L'homme est un don de Dieu
L'homme est un Béni de Dieu
L'homme, l'être le plus intelligent
L'homme, l'être le plus utile
L'homme, l'être le plus pourvu
Oui, Dieu lui a donné tout
Oui, Dieu l'a mis au milieu d'un beau paysage
Oui, Dieu lui a donné le contrôle sur toute
autre créature
L'homme se cherche toujours
Pourtant il a tout ce qu'il lui faut
Mais il est toujours avide de pouvoir
Quoique l'environnement lui soit favorable
Il est toujours en rupture de solutions à ses
besoins
L'homme n'a pas encore compris
L'homme n'a pas encore discerné
L'homme n'arrive pas à faire la différence
La différence entre la vie et la mort
L'homme mélange vie et mort chaque jour

Chaque jour des scènes de guerre
Chaque jour l'injustice grandit
Chaque jour l'homme s'éloigne de l'homme
Chaque jour l'homme développe son égoïsme
Comme chaque jour le pauvre est maltraité
La jungle n'est plus dans les forêts
La jungle est dans la société humaine
La jungle c'est un État qui brime l'autre
La jungle c'est l'indifférence des hommes
La jungle c'est la course aux armements
La jungle c'est la femme qui vit sans soutien
La jungle c'est ce migrant emporté par la mer
La jungle c'est les tueries au Congo
La jungle c'est l'indifférence des gouvernants
 La jungle est notre refus de faire du bien
Notre refus de partager équitablement les biens
naturels
Notre refus de remettre à César ce qui lui re-
vient
Notre mentalité capricieuse de reconnaître que
toute chose a une fin
Notre refus de pardonner
Notre refus de collaborer
Notre refus d'aider les pauvres
Notre refus de fournir l'eau potable aux villageois
Chaque jour l'égoïsme monte

Chaque jour l'orgueil s'étend dans la société
Chaque jour les forts imposent leur désir aux
faibles
Chaque jour des scènes de violence dans les
foyers
Chaque jour plusieurs enfants meurent
Chaque jour l'homme détruit l'environnement
Oui, vous avez raison de penser que l'homme
est un sac à problèmes.

32 - L'homme le seul remède

Oser faire du bien, même si c'est dur
Oser saluer tes ennemis pour la paix
Oser oublier le passé pour penser à l'avenir
Oser détruire son orgueil pour aider les autres
Oser briser les barrières religieuses pour se-
mer l'amour
Oser donner à celui qui est dans le besoin
Oser aider les pauvres sans calcul
Oser réduire ses ambitions
Oser réduire ses désirs pour aider les autres
Oser se calmer pour ressembler aux autres
Oser accepter parfois le tort pour signer la paix
Oser affronter les difficultés pour avoir la victoire
Oser répondre aux exigences du temps pour
éviter les conflits ultérieurs
Oser perdre pour laisser parfois l'autre gagner
Oser rendre le bien à la place du mal pour la paix
Oser donner plus et accepter gagner moins
Oui, tout ça pour la paix
Oui, tout ça pour le pardon

Oui, tout ça pour la force de l'amour
Oui tout ça pour la paix sociale
Oui, tout ça pour préserver la paix
Oser lutter, oser plus grand et construire grand
L'Afrique n'a plus le temps pour les oisifs
L'Afrique n'a plus du temps pour la vengeance
Les familles ont besoin de se réconcilier
Les ennemis ont besoin de signer la paix
Voilà notre vrai contrat social
Ce qui va pour l'Afrique, va pour tous.

33 - J'aime regarder

Regarder ou simplement observer
Observer ce qui devient sombre
Observer et chercher à comprendre
Comprendre ce qui devient lugubre
Le souffle de la vérité est dans l'homme
L'homme est porteur d'un message
Le message d'amour et du pardon
Le pardon moteur de fraternité
Le pardon l'équilibre moral de l'autre
L'autre qui se retire simplement à défaut
Se retire pour trouver sa famille
Trouver un être aimant
Oui, l'homme cherche une affection
Une affection qui devient très rare
Cette crise morale produit celle sociale
Cette société qui se cherche
Cette société où le lamentable devient joie
La joie devient la source de douleur ailleurs
Oui, ailleurs certains n'ont rien
Certains vivent mal

Certains dorment mal
Certains dorment le ventre creux
Oui, tout ça tu me dis que c'est la vie
La vie des hommes
Les hommes sont différents ? Ah bon, j'ai
compris
J'ai compris ce qui tourne mal
Ce qui n'accroche pas
Ce qui n'arrange pas
Faut donc que je comprenne
Qui peut me dire le contraire
Le contraire du bien
Le contraire du bien-être social, je crois
Le contraire de ce que je sens
De ce que mes yeux me montrent
Le contraire de ce que j'endure
Je veux chercher mais je sais pas comment
Je veux avancer mais suis coincé
Je suis vraiment diminué
Je n'ai plus la force
Je n'ai plus l'énergie pour avancer
Pour chercher dans ces livres
Dans ces livres les raisons
Dans ces livres les valeurs
Les raisons de ces déchirements
Je continue malgré tout à fouiller

À fouiller dans mes imaginations
Ces idées qui continuent de m'envahir
Ces idées qui deviennent saisissantes
Je ne sais pas si j'ai tort
Je ne sais pas si j'ai raison de douter
Je sais surtout que ce n'est pas facile
Facile de me calmer
De calmer mes soucis
Calmer mes envies
Mes envies jamais satisfaites
Mes envies trop complexes
Mes envies démesurées
Mon espoir et désespoir s'entremêlent
Cette carence morale devient gênante
Oui, l'homme commence par aller vers les ani-
maux
Les animaux sont plus utiles ?
Les animaux sont plus affectueux ?
Que faire pour restituer cette affection ? Chaque
fois je m'interroge
M'interroge sur ce que l'homme veut
Ce que l'homme cherche que Dieu n'a pas en-
core offert
Ce qui manque dans la tête de l'homme
Ce qui manque au point qu'il devient dangereux
Dangereux envers son prochain
Son prochain le fruit

Cette fuite inutile
Le piège partout te rattrape comme un missile
Ton malheur est devant et derrière
Où vas-tu ?
Ils ont fabriqué ce qui peut te détruire et les
détruire à la fois
L'intelligence négative a pris le dessus sur tout
L'homme devient plus coincé que jamais
Fuir ?
Où ?
Comment ?
Pourquoi ?
Allez où ?
Sous la mer ?
Dans le sous-sol ?
Dans les airs ?
Dans les forêts ?
Ils savent te trouver pour assouvir leur soif du
sadisme
Ils savent te localiser pour te faire mal
Pour augmenter tes douleurs
Ils savent et ont les moyens pour détruire et
tout détruire.

34 - Je l'ai vue une dernière fois

Ce regard pèse sur mes pensées et je n'arrivais
pas à m'en débarrasser.

Ma mère répartit s'installer sur son fauteuil
en bambou. Le chauffeur était au volant at-
tendant que je rentre et m'installe au siège de
derrière, un signe de révérence à tous ceux
qui se passent pour des patrons, un modèle
de conduite devenu conventionnel et habituel.
La vie est ainsi faite, certains possèdent tan-
dis que d'autres n'ont leur salut qu'à travers les
services qu'ils offrent.

Le chauffeur m'attendait depuis plusieurs heures.
J'avais plusieurs entretiens avec la famille.

Les nouvelles de la famille depuis plusieurs années, les attentes des uns et des autres.

Assis derrière, ma main sur mon portable,
je cherchais en vain une stabilité morale, un
confident qui essuiera pour quelque temps
ce poids qui pesait sur ma conscience. Dans
ce silence intérieur où tournoyaient cet atta-

chement filial, un égoïsme naturel qui amène l'homme à faire et à prendre des décisions hasardeuses et égoïste sans se rendre compte de la gravité de son acte.

Quelques mois plus tard, je me rendis compte que c'est la dernière fois que je voyais ma mère Qui devrais-je appeler, je continuais dans mes pensées cet équilibre consolateur et réconfortant. La connexion sur le portable devenait de plus en plus faible. Je tirai de mon sac le nouveau livre de Gabin Conrad sur les grands enjeux de l'immigration.

Certains Africains ont compris que le bonheur et le malheur se trouvent partout.

Le bien-être social n'a pas de nationalité, il se construit et se cultive par une disposition intérieure et extérieure des populations qui sont des tenants et aboutissants de leur histoire.

Chacun assume son rôle et chacun subit ou jouis des effets de son environnement social.

Il n'est pas question de jeter un discrédit sur les vestiges des évènements de l'histoire et se donner des raisons d'un recul sur le développement.

Les guerres, les conflits, les épidémies, les génocides ont eu lieu dans plusieurs endroits de la planète. Ces événements loin de servir de désistement ont plutôt amené les peuples à sortir de leur sommeil et tirer les leçons relatives aux crises pour en faire des valeurs.

...

35 - La nature et les hommes

Ils observent tout
Ils disposent de tout
Ils inventent tout ce qui leur passe par la tête
Ils ne disent rien, ils observent
Jusqu'à ce qu'ils se sentent offensés
Ils attaquent
Ils attaquent tout
Ils sautent sur tout
Sur leur passage ils oublient une réalité
Le temps, un facteur clé
Le temps qui gouverne le monde
Le temps qui gouverne la vie
Le temps a compris mieux que ces gens
Il a compris que la nature est aussi forte
La nature a son dernier mot
La nature a ses maux
La nature a ses surprises
La nature ne blague pas quelquefois
Oui quelquefois elle devient menaçante
Quelquefois elle devient agressive

Le temps est donc dans le ventre de la nature
Le temps est le fils de la nature
Le temps et la nature viennent de Dieu
Dieu possède les deux
Dieu peut décider.

36 - Dieu est le seul maître

Dieu peut changer la nature et le temps
La nature ne peut changer
Le temps ne peut changer
Le temps ne peut changer la nature
Dieu a tout créé
Le temps vient de Dieu
L'homme vient de Dieu
La nature vient de Dieu
Dieu a donné tout
Pour qu'on ait tout partout
Mais dis-moi, pourquoi tu ne vois rien ?
Tu ne vois rien de tout ce que Dieu a fait ?
Afrique, pourquoi ?
Pourquoi tu ne peux rien ?
Pourquoi tu ne dis rien ?
Tu ne dis rien à tes fils ?
Tu ne dis rien ?
Tu es restée couchée
Tout ce temps comme une vache
Tu es restée sans action

Tu as été humiliée
Tu n'as rien dit
Tu as été violée
Tu ne dis rien
On te dépouille
Tu ne dis rien
Lève-toi et marche
Lève-toi et regarde tout ce que tu as
Lève-toi et agis
Agir ne veut pas dire réagir
Réagir serait gauche
Oui, prends ses échecs comme une lumière
Revient sur ces archives pour trouver tes repères
Surtout ne jamais permettre que ceci m'arrive
Comment ?
Comment faut-il faire ce changement ?
Le changement vient de la mentalité
La mentalité se retrouve dans les comportements
Les comportements sont logés dans le carac-
tère et les habitudes
Prends ce qui est bon et jette les superflus
Garde-toi à ne jamais chercher à te venger
Venger ?
Bien, la vengeance te retarde
La vengeance t'affaiblit
Tu auras plus de plaisir dans l'amour

Tout dans l'abstinence
Tout avec le temps et dans la nature
Dieu est la meilleure application.
Je réfléchissais sur certains aspects de la vie et
je me sentais de plus en plus faible.

37 - L'orgueil et l'égoïsme

Poulets rôtis
Viande grillée de cochon
Poissons frits ou séchés
Les plats de toutes sortes dans les restaurants
Voyages dans plusieurs villes ou pays
Participation à plusieurs conférences
Mais il a omis une chose
Prévenir la fin du cycle
Comprendre qu'après tout il faut prendre sa
retraite
Il faut prendre sa retraite en tout et pour tout
S'il ne tenait qu'aux plaisirs de ce monde
S'il ne tenait qu'à ce qu'on veut
manger, boire, dormir
Manger tous les mets du monde
Boire toutes les boissons du monde
Dormir dans de belles maisons
Voyager sans comprendre là où on va
Gagner de l'argent et des renommées
Prendre tout ce qu'on veut pour soi

Faire partie des réseaux financiers
Faire partie des sectes les plus organisées
Chercher à gagner tous les avantages
Prendre le dessus sur tout
Mais après tout, aller où ?
Mais après tout, finir où ?
Mais après tout, laisser quoi derrière ?
Mais au fait, on veut quoi ?
Mais au fait, on peut quoi ?
Mais au fait, on est qui ?
Jusqu'à quand ?
En tout cas, il vaut mieux rester humble
Il faut avoir la tête sur les épaules
Il faut rester humain et non surhumain
La compétition n'est pas sur tous les terrains
Il faut apprendre à faire des matchs nuls
Des matchs nuls pour avancer
Des matchs nuls sont stratégistes parfois
Restons dans les limites humaines
L'individualisme est un mal
L'individualisme n'amène nulle part
Mais la force est dans le respect des valeurs
Le respect des valeurs sociales
Respect des dispositions humaines
Des dispositions humano divines
Tel doit être notre seul objectif.

38 - La commerçante

Nous arrivâmes dans un petit village. Le chauffeur devrait faire les formalités de contrôle syndical et certains passagers descendirent.

Une très belle dame était assise sous un hangar. Elle avait l'air très serein. Elle attendait visiblement depuis quelques heures un véhicule pour transporter ses marchandises.

« Chauffeur Jean, tu vas m'aider pardon ? » Cria la dame

« Le véhicule est plein, plein » répliqua le chauffeur.

La dame est d'une rondeur exceptionnelle, ses fesses sont d'une dimension extraordinaire et ceci ne pouvait faciliter les ajustements ordinaires où le chauffeur demandait à certains passagers de se serrer les uns contre les autres.

Le chauffeur vint jeter un coup d'œil au fond du véhicule espérant trouver une solution.

Nous restâmes assis, serrés l'un contre l'autre.

Un véhicule plein veut dire dans ces milieux que là où il faut quatre personnes, on y fait entrer six.

Après quelques hésitations, il accepta de prendre les bagages de la dame.

"Petit" cria-t-il ! C'est le nom de l'apprenti qui est à bord du véhicule Jugeote 404, une vieille marque que lui-même avait retouchée.

« Je l'ai remise en circulation, mon oncle maternel me l'avait donnée quand il ne pouvait plus faire les longs trajets. Pour honorer sa mémoire je l'ai gardée depuis longtemps »

Le jeune homme de taille courte, de teint clair, répondait à son patron avec une parfaite politesse.

Il tira seul les trois gros sacs de jute doublés pour l'emballage de remonte-fesses. Un soutien-gorge et une remonte-fesses tombèrent. Le maître cria fort :

« fils de chien, tu ne sais pas qu'il faut faire attention aux marchandises »

Le temps que la dame revînt avec deux derniers colis, ils réussirent à remettre tout en ordre.

À l'intérieur du véhicule, un vieil homme qui trouvait des sujets intéressants à développer tout le long du trajet, s'exclama. "Chauffeur ! Il se fait tard, nous avons encore du chemin"

"Il est bavard comme une radio" me souffla mon voisin assis en face de moi.

Je réfléchissais sur tout ce que je découvrais. Je n'avais jamais su que des femmes portaient des supports de fesses. Je savais tout de même qu'elles portaient des perruques.

L'économie africaine a du plomb dans les ailes, me dit mon voisin d'en face. Il était tout calme au départ jusqu' à ce niveau du trajet. Il a raison je me disais intérieurement, je ne voulais pas engager des conversations avec lui, j'avais assez de soucis en tête.

Des commentaires portant sur divers aspects de la vie fusaient de partout. J'avais sur moi un roman « Vie et Espoir » de Gabin Conrad. J'aimerais voyager dans mes pensées.

J'ouvris le passage où il est question de choix de vie professionnelle.

Cette histoire est le reflet de tous les enjeux de la jeunesse…

Dans ce livre, un jeune homme du village de Minato devrait voyager en France chez sa sœur. Un jeune catholique, neveu du chef village, animateur de groupe au sein de la mission catholique. Sa sœur vivant en France depuis plus de douze ans voulait lui prendre un visa pour aller la rejoindre. Son oncle qui était un des chefs de village les plus réputés aimerait qu'il lui succède. Le prêtre, curé de la mission catholique de la localité lui trouvait des aptitudes pour une vocation sacerdotale.

J'étais plongé dans ces lectures qui ravivaient mes pensées relatives à mon propre sort...

39 - Récit d'un voyage

« Depuis ces années où notre continent a connu ce qu'on appelle le vent de l'est, l'état de droit, le multipartisme et ses corollaires. Nous avons perdu notre stabilité sociale, nos fils sont obligés de fuir à la suite des événements qui ont suivis l'instauration du multipartisme.

Ils avaient osé participer à des marches de protestation.

Ces jeunes sont tous les mêmes, ils pensent que les systèmes politiques sont des vaccins contre la pauvreté. Nous avons connu plus de crises ces dernières années que dans le passé. Certains sont devenus plus pauvres et d'autres sont devenu fous sous le poids des soucis.

Rien n'est plus comme avant. Multipartisme, ensuite dévaluation de la monnaie. Ceci ressemble à un cochon qui se lave avec du sable. Il ne sera jamais propre.

Mon fils est parti depuis dix ans. Pas de

nouvelles, ils sont passés par la Libye, disent certains. La Méditerranée n'a connu plus de morts que ces derniers temps.

Mon fils est encore en vie ? Je ne saurais le dire, mon âge avance et bientôt je ne saurai plus rien. La mort prendra le dessus. Pour mon fils je ne sais pas ce qu'il deviendra. Sa sœur depuis a réussi sa vie après une courte formation, je lui ai trouvé un capital en cédant quelques parcelles de terrain. Je ne sais pas pourquoi mon fils est tombé dans ce pétrin. Dieu est grand, il va le ramener il pourra le ramener ». Il mit un morceau de tabac dans sa bouche et se tut pour quelques minutes.

Le véhicule roule plus vite, nous étions dans la zone des plateaux. La route inter-état très en forme, permettait une conduite facile sauf que de temps en temps il fallait ralentir pour observer les panneaux de signalisation et autres signaux dans les agglomérations.

Je somnolais de temps en temps, la boule d'*akassa* que j'avais prise depuis la maison me donnait de sommeil intempestif. Nous approchions des régions de Collines quand soudain notre véhicule tomba en panne. Le temps devenait menaçant. Le chauffeur demanda à l'apprenti de sortir pour vérifier la bougie. Nous étions à huit km du prochain village où on peut trouver un mécanicien. Ce lieu n'est pas conseillé pour des arrêts nocturnes. À peine l'aide rentra dans le véhicule que nous vîmes un léopard pas très loin de notre véhicule.

Plusieurs usagers en difficulté ont perdu leur vie dans ces zones pour des pannes techniques.

Des enseignes de mise en garde et d'interdiction de stationnement sont dressés tout au long de la route pour réduire les dégâts.

Nous vîmes également dans la même zone à pareil moment un chasseur, il devrait affronter le prédateur que nous avons vu un peu plus tôt. Tout le monde criait en pensant que ce dernier se ferait dévorer.

Tôt le matin, avant notre départ, le chasseur en question était dans le marché pour la vente des gibiers. Dieu seul sait comment ces chasseurs se comportent devant les menaces des prédateurs…

40 - Ma Vie

Maintenant j'ai grandi
Maintenant j'ai plus d'expérience
Maintenant je commence à comprendre
À comprendre que les gens ont essayé
Ils ont essayé sans avoir réussi
Ils ont compris comme nous aujourd'hui
Que rien n'est plus grand que Dieu
Notre désir de réussir est grand
Mais les moyens sont plus petits
Plus petits et trop petits même
Pour nous faciliter la tâche
Il nous faut des moyens
L'accès aux financements
Ce n'est pas que nous ne sommes pas intelligents
Mais c'est les moyens
Nous ne pouvons pas envoyer nos enfants
dans de bonnes écoles
Des écoles où ils peuvent s'épanouir
Des écoles où ils peuvent briller
Ceci ne nous donne pas les mêmes chances

Les chances d'avancer dans l'avenir
D'avancer comme les autres
De grandir comme les autres enfants
Je pleure intérieurement
Pour le fait que je ne puis rien
Je dois gagner la loterie ?
Ah bon ! Mais et si je ne gagne pas ?
C'est triste que je doive dépendre de ce jeu
Dépendre de ce jeu pour réussir comme les
autres
J'aimerais envoyer mon enfant à l'école catho-
lique
Mais là encore je crains le racisme
Le racisme est prohibé dans les textes
Mais il existe même dans les confessions
Les confessions religieuses aussi, c'est la triste
réalité.
Nous n'avons pas de chance pour leur échapper
Nous sommes consignés pour leur service
Mais il arrive parfois qu'ils fassent semblant.

41 - Les forts ne pardonnent pas facilement

Ils font semblant
Semblant de nous écouter
Écouter et comprendre nos douleurs
Les douleurs qui nous usent
Comme des pièces de bois
Notre corps s'use au rythme de leurs demandes
Plus grandes les demandes, grandes nos peines
Nous sommes chaque jour confrontés
Confrontés aux problèmes de dettes
Les soucis nous usent profondément
Nos visages font la lecture du degré de notre
pauvreté
Car nous ne vivons pas
Nous survivons chaque jour
Les fils de nos patrons deviennent les patrons
de nos fils
Oui, nous sommes à leur service pour une pé-
riode indéterminée
Plus nous sommes malheureux
Plus ils font office de bienfaiteurs

Ils en profitent pour pénétrer nos domaines
privés
Ils se préparent mieux pour nous asservir
Nous construisons et ils viennent racheter les
maisons
Pour nous éloigner de leur territoire
Ils nous contrôlent avec leur puissance
Leur puissance monétaire
Alors nous serons toujours à leur merci
Oui, pour longtemps encore
Ils ne sont pas prêts de nous lâcher si tôt.

42 - Comprendre avec ma peur

Comprendre avec ma peur
J'ai souvent ouï dire que tout ce qui est beau
est bon
Que tout ce qui est propre et présentable est bon
Mais maintenant j'ai peur
J'ai longtemps cherché à comprendre pour-
quoi je dois avoir peur
Mais je sais que j'ai maintenant beaucoup de
raisons
J'ai peur franchement
J'ai peur de tout de moi-même
J'ai peur de servir et d'aider
J'ai peur d'être aimable ou amical
J'ai peur d'aller au secours car tout est porteur
de surprises
J'ai peur de mes connaissances
Peur de mes amis
J'ai peur de vivre avec cette peur qui grandit
J'ai peur d'être déçu, oui j'ai peur
J'ai peur du moi en moi, oui j'ai peur

J'ai peur de mon savoir et de mes compétences
J'ai peur de mon ignorance sur certains sujets
ou aspects
de la vie.
J'ai peur de cet arbre à côté de ma maison
De cet arbre qui peut provoquer un incident
J'ai peur de la technologie avec sa vitesse
J'ai peur de sortir car je ne sais qui je peux
rencontrer
J'ai peur de voyager car tout peut arriver
J'ai peur de celui qui me regarde sans que je
ne sache
J'ai peur des fléaux, des crises
J'ai peur de commencer, car c'est facile d'échouer
J'ai peur de donner mon nom car je ne sais qui
peut s'en
servir où et à quelle fin
J'ai peur sans savoir pourquoi
J'ai peur de sentir la peur nuit en jour
J'ai peur des nouvelles car les infos font par-
fois mal
J'ai peur de regarder un match car il se peut
que mon équipe ne gagne pas
J'ai peur de manger ce que je ne connais pas
Oui, j'ai peur
J'ai peur de dire à tout le monde la vérité

J'ai peur d'avoir tort et parfois d'avoir raison
J'ai peur d'aller au marché …
Mais aujourd'hui je sais que la seule solution
est de faire
la culture de paix
La culture du pardon
La culture de la tolérance
Pour que la confiance monte et s'installe en
nous et en tout.
Il faut aussi comprendre la vie et la vivre telle
qu'elle est
sans trop espérer
Vivre et respecter la vie des autres
Vivre dans la justice.
Le pardon et la tolérance.

43 - Une étape dans notre vie

Je pris la décision de quitter ce milieu, de quitter mes amis, les habitudes, mes parents. Nous étions tous assis à la place publique. Ce jeudi jour du marché, le véhicule était arrivé plus tôt que prévu. Mes amis étaient tous au champ. J'avais voulu quitter discrètement pour ne pas chagriner mes amis et mes connaissances. Ma grand-mère était assise devant son étalage de divers, tomate en boîte, sucre en grains et morceau, des paquets d'allumettes et autres. Elle m'avait demandé un peu plus tôt de l'aider à remplir les bouteilles de pétrole... Je sentais que j'étais arrivé à ce stade de la vie où il fallait décider volontairement du tournant qu'on veut donner à son avenir. Ma grand-mère souffrirait de cette absence, je savais. Mais je ne pouvais m'abstenir de cette aventure. Il fallait que je devienne un homme. Un homme qui a la tête sur les épaules. Il fallait que je brise les liens parentaux, du moins pour un temps pour couper avec cette dépendance vis-à-vis de ceux qui me sont chers. Cette chaleur familiale plus tard va me manquer. Je n'y pensais pas trop car je ne serais pas le seul qui ait décidé de partir.

Je pleurais intérieurement, je ne voulais pas attrister ma grand-mère. Il fallait que je démontrasse que je ne souffrirai pas de chagrin, que je m'en sortirai vaille que vaille. Je revins lui dire merci pour tous les efforts qu'elle avait consentis pour me permettre d'aller à cette école. Ce départ était pour moi une dure épreuve. Je ne savais pas encore ce que la ville me réserverait. Il fallait tout de même partir et aller valoir mes aptitudes. Il fallait travailler, apprendre un métier et prendre les cours du soir. Certains avaient réussi avec un peu plus de sérieux dans la gestion du temps. Ils étaient arrivés à faire de hautes études. Ils occupaient de grands postes. Ils venaient souvent au village expliquer ou exhorter les jeunes à maintenir leur tête haute dans la recherche de l'excellence. Je me rappelle toujours un jeune capitaine de l'armée de l'air qui a réussi avec les cours du soir et un métier. Il avait par la suite été enrôlé avec toutes les qualités ou conditions pour la formation des officiers à l'étranger. Je méditais tout en tête...

Le ciel s'assombrit, le vent très violent passait à travers le toit du véhicule, le chauffeur qui nous conduisait très serein avançait dans cette ville inconnue.

L'obscurité de plus en plus épaisse sur ces collines, ces rivières qui jonchent le parcours.

Assis derrière, je réfléchissais. Mes pensées mêlées de doute et d'incertitude.

Je me sentais trop petit face aux enjeux qui m'attendaient.

Je devrais partir en tout cas

J'avais longtemps pensé prendre mon destin en main. Le prix à payer d'une part était que je devais quitter ma grand-mère et je ne saurai quand exactement je pourrai la revoir.

L'âge adulte est une responsabilité que l'on accepte et assume.

Il faut un dépassement, une prise de conscience, un grand exercice moral.

Depuis quelques année, je me retrouvais devant des situations, je découvrais de nouvelles choses qui me fortifient, s'éclairaient.

La vie est une compétition, tous ceux que

je voyais une seule fois, ceux que je revoyais, avaient tous leur histoire, leur vie ne ressemble guère à la mienne.

J'admettais que je ne connaissais absolument rien, je ne savais rien de ma vie, de cette vie avec plusieurs événements…

Le chauffeur me demanda s'il pouvait mettre la radio comme s'il se rendait compte de tout ce qui brûlait dans ma tête.

Comme toujours je cherchais une voie de sortie dans mes pensées.

L'enjeu est toujours contradictoire, ce qu'on pense et ce qu'on voit et ce qui adviendra.

Ces cycles de découvertes, de changements, d'étonnements marquent notre vie et apportent un changement dans la conception des choses, dans les réflexions.

Une radio Fm devenait de plus en plus accessible à mesure que nous avancions vers cette ville après avoir traversé des centaines de kilomètres.

La politique est pareille partout, les actualités à l'étranger décrivent les pays comme si rien de bon n'y est.

Je me réjouissais d'avoir pris le risque de me mettre sur ces routes.

J'avais gagné en expérience, j'avais appris à aimer les gens sans chercher d'où ils sont.

Mon destin était surement tracé ainsi.

Le premier boulevard qui traverse cette ville est bien éclairé. De part et d'autres de la chaussée se dressaient de grands immeubles. Des structures administratives, des commerces, somme toute on avait l'impression que tout allait bien dans ces milieux.

Si on devrait simplement tenir compte des informations sur les organes de communication à l'étranger, il nous serait difficile d'oser voyager, de visiter ces pays d'Afrique...

Nous passâmes la nuit dans cette gare routière. Le lendemain, les services de transport étaient opérationnels très tôt le matin et chacun pouvait acheter son ticket de voyage pour une autre destination.

Je me sentais projeté dans un nouveau monde. Des personnes que je n'avais jamais vues étaient si sympas avec moi. Une femme et ses deux enfants devraient prendre le même bus que moi, nous étions déjà familier puisque nous venions de descendre du même bus.

Après les formalités, ce bus partit aussitôt. Le chauffeur, un jeune de taille moyenne visiblement très courtois nous souriait pour nous mettre à l'aise.

Assis à côté de lui, il me parlait de tout sur son expérience de voyage.

À la question de savoir le but de mon voyage, je lui répondis que j'allais chez ma tante.

Il connaissait presque tous les voyageurs réguliers sur cette ligne mais comme ma tante prend souvent le vol direct il ne pouvait la connaître.

Chez ma tante j'ai découvert un autre aspect de la vie. J'ai été témoin de la différence entre les bourgeois et les prolétaires, pour ne pas exagérer je dirai, simplement la différence entre les pauvres et les riches.

Ma tante et son mari habitaient dans un des quartiers chics de cette ville de collines et de vallées.

Son mari, un fonctionnaire des Nations Unies et ma tante, professeur dans une université.

Le seul fils qu'ils ont moins âgé que moi était le seul à partager cette grande villa avec eux.

Le personnel engagé pour leur service est composé d'un gardien, un chauffeur et un cuisinier. Chacun assumait scrupuleusement sa fonction au point qu'en aucun moment au cours des deux mois que je passai chez eux je n'avais constaté aucun flottement dans ce foyer.

Ma tante avait souhaité que je restasse dans cette ville mais je ne me sentais pas dans ma peau de villageois.

Tout me semblait étrange, je voyais tout ce qui m'entourait comme des signes de l'injustice sociale. Pour moi, un gros villageois habitué à des choses rudimentaires, je me trouvai affranchi dans un monde trop élevé de ma petite imagination. Ma tante avait donc voulu que je poursuive ses études dans leur université mais je désistai au profit de l'appel que mon oncle me fit pour conduire avec lui un projet agricole.

Après les deux mois, je repartis au village. Je me sentis déchargé dès mon retour. Je me sentis comme un caïman qui retrouve son marigot.

Au village j'étais habitué à des choses plus naturelles. Mes amis avec qui j'ai grandi étaient pour la plupart restés et étaient devenus les plus grands cultivateurs de notre localité.

Mon ami Adoubi quant à lui était très tôt entré en politique.

La politique en Afrique est considérée comme une entreprise qui permet de gagner sa vie facilement. Plusieurs personnes s'étaient vues élevées à des postes de responsabilités et ont pu aider leur région en matière de développement…

Il était déjà 23 h dépassées lorsque le véhicule descendait la colline, Adoubi était encore en éveil ce samedi, il était assis dans la baraque qui tient lieu de cafétéria du village.

Il venait juste de sortir de la maison où il habite située juste en face de la cafétéria. Il tenait son chapelet en main pour dire ses prières de dévotion.

Il fit la commande d'un plat d'omelette et une tasse de café.

"Tu veux que je mette beaucoup de lait ?" demanda le barman

"Non juste un peu de lait", répondit Adoubi

Le véhicule finissait sa descende et des badauds assis sous un arbre à quelques mètres des lieux du village.

Ils se précipitèrent vers le véhicule comme s'ils allaient l'embrasser.

" Attendez ! cria le chauffeur, Coffi n'a pas encore fait les comptes ".

Coffi son apprenti à la tâche de collecter les frais de transport et des bagages.

Quelques minutes après Coffi remit au

chauffeur les comptes à son patron et les badauds reçurent l'ordre de décharger les bagages. Une lampe rechargeable était allumée
pour éclairer les lieux.

De loin les lampadaires du Central élec-
trique d'un barrage hydroélectrique jaillissaient
sur une partie du village

Le chauffeur se retira après avoir vérifié les
comptes.

Le chauffeur reconnu Adoubi de loin et lui
cria :

Adoubi comment vas-tu ?

Et ta tante ?

Bien, ma tante est rentrée un peu plus tôt.

Elle allait assister ma cousine Adjo qui est
en travail pour accoucher. Elle était rentrée à
moto.

"Ah bon d'accord, que le bon Dieu les as-
siste". répliqua le chauffeur

Amen, dit Adoubi...

44 - Comprendre la vie et mieux vivre

Chaque homme a une qualité
Chaque homme a une raison d'être
Chaque homme peut servir à quelque chose
Hier, certaines personnes sont exclues sur certaines scènes
Hier, certaines personnes sont marginalisées
Marginalisées pour raison de leur rang social
Marginalisées pour leur origine
Marginalisées pour leur race
Marginalisées pour leur religion
Marginalisées pour leur pensée
Aujourd'hui nous connaissons un progrès dans l'équilibre social
Aujourd'hui nous avons un peu plus d'ouverture
Aujourd'hui nous avons plus d'égalité
Aujourd'hui nous avons plus de diversité
Aujourd'hui nous avons un métissage partout
Le monde change et tout change
L'eau sale peut contenir des merveilles
L'eau sale peut contenir des minéraux

L'eau sale couvre le pétrole
L'eau sale nourrit les marigots
L'eau sale sort avant l'eau pure
L'eau sale couvre l'eau pure
L'eau sale peut servir à éteindre le feu
Cette réalité doit nous enseigner que tout
homme porte une histoire
Tout homme a une mission
Tout homme est une pierre de construction
La construction de notre société
La société des hommes
Les hommes créés et appelés à vivre ensemble
Cessons de diaboliser les immigrants
Ces immigrants sont les parents de vos futurs
dirigeants
L'eau sale peut entrer partout même dans les
palais royaux
L'eau sale purifiée donne de l'eau potable
Pareillement, ces étrangers sont des parents
Des parents de personnes ressources
L'eau sale peut entrer partout
Juste un peu de temps et elle rentre dans la
maison royale.

45 - La diaspora africaine sera utile

Pas forcément ce que l'autre pense
Mais ce que je vois peut échapper à l'autre
Voir sans comprendre, voir et discerner
Tout est dans une logique de réflexions
J'ai vu des hommes honnêtes tomber bas et
très bas parce qu'ils n'avaient pas le choix
J'ai vu les pasteurs prêcher contre les fidèles
qui donnent rarement leurs dîmes
J'ai vu trop de choses mais je suis persuadé
que ce n'est pas tout
Le monde va trop vite vers une destination
dangereuse
L'Afrique et certains Etats pauvres sont pris
en otage par les puissances économiques
Les populations subissent stoïquement les ca-
prices des puissances
Elles n'ont pas le choix, les autres ont la tech-
nique et les moyens financiers
Ils peuvent acheter toutes les terres d'Afrique
sans ambages

Tout le monde se penche vers le plus fort
même s'il a tort.
L'injustice est monnaie courante
Les réseaux sociaux enveniment la situation
Tout peut se vendre facilement par l'intoxication
L'Afrique a du mal à se retrouver car les autres
ont besoin de sa faiblesse pour se renforcer.
Oui, derrière un visage pointé dehors à travers
la vitre d'une voiture, je sentis l'état dans lequel se retrouvent ces commerçants qui n'ont
pas vu venir en plein jour le drame.

Leur pouvoir d'achat réduit, et les redevances
vis-à-vis des administrations élevées
Les fonctionnaires ont gardé la même marge
salariale
Les prix des produits flambent
Dans cet environnement, ils ont les obligations sociales à remplir
La souffrance et l'endurance, la course derrière une montre invisible
Il faut se plier en deux pour prendre des crédits à intérêts irréguliers
Si les populations africaines vivent dans ces ré-
alités socio-économiques
Point n'est besoin de se demander pourquoi
les gens passent par la Libye.

Il faut sauver sa famille avec les moyens de
bord, l'Afrique continue de souffrir malgré
l'abondance de ses ressources
Une minorité fait la loi à une majorité
Parfois c'est le refus de l'alternance
Parfois c'est le calcul dans les réformes
Parfois c'est la révision des constitutions
Parfois, c'est la démocratie sans développement
Parfois, c'est les bavures policières
Parfois, c'est les occidentaux qui se mêlent de
tout en Afrique
Tout ça c'est l'Afrique où tout peut être par-
fois sens dessus dessous.

J'ai vu trop de choses qui passent trop vite
dans notre vie de curieux et d'observateurs
J'ai réfléchi et j'ai choisi d'écrire un slam
Un slam qui est l'expression des pensées des
slameurs
Oui, comme ceci est considéré comme un
moyen de dire haut ou moins bas la vérité
De dire ce que les autres évitent de murmurer haut
Oui je n'aime pas les mésaventures des classes
politiques. Ceux qui animent avec calcul la politique africaine.

J'aimerais souligner un tas de choses qui appa-
remment ne reflètent plus les principes fonda-
mentaux d'un État.

En tout cas moi je regarde toujours l'Afrique à travers ces hommes et femmes qui peuvent s'ils veulent réaliser un changement ou apporter un grand soutien pour le développement.
Nous sommes en démocratie mais nous sommes aussi des Africains et devons agir en tenant compte des valeurs morales qui font de nous des êtres dignes de respects.
Oui, je ne sais plus si je veux parler à tout le monde à la fois ; moi-même je ne sais pas si je mérite de faire des leçons aux autres mais je sais que ces leçons sont pour nous tous pour revoir nos comportements dans la diaspora et au sein des classes politiques en Afrique.

Si la diaspora africaine est bien organisée, elle pourra facilement appuyer sur le terrain les efforts des autorités pour maximiser les réalisations des projets vitaux aux profits des populations. Il faut accepter d'aller aider sur le terrain et d'y faire des sacrifices.

46 - Chant pour la diaspora

Dis-moi dias
Dis-moi po
dis-moi ra

Marmite trouée ? oh non
marmite du bien ? oui

Dis moi encore où tu es
Dis-moi comment te trouver
Dis-moi ce que tu peux faire

Ce que tu peux faire pour sauver ton terroir
Ce que tu peux faire pour ceux qui te regardent

Tu es l'espoir
Tu es au centre de leur souffle
Tu es le remède des crises socio-économique
et politiques

> Dis-moi dias
> Dis-moi po
> Dis-moi ra

Que dis-tu ?
Que dis tu de l'opprobre ?
Que penses-tu de ces morts

De ces morts sur ces plages
De ces gens encore dans les forêts
De ces enfants nus
De ces enfants malades
De ces vieillards amaigris et émaciés

Dis-moi dias
Dis-moi po
Dis-moi ra

    Sais-tu que tu peux être
    utile ?
    Sais-tu que tu es un bien
    commun

Dis-moi dias
Dis-moi po
Dis-moi ra

    Produit d'Afrique
    Produit pur
    Produit des parents
    Produit de ton pays.

47 - Ne cherchons pas loin notre remède

Je savais que je ne suis rien
Que je ne sais rien
Comme ils m'ont dit que je suis bête
Comme ils m'ont dit que je suis un imbécile
Oui c'est bien de savoir ce que les autres
pensent de toi
Savoir ce que les autres valent
Ce que les autres disent
Ce que les autres font
Font derrière toi
Font dans l'ombre
Oui c'est nécessaire de comprendre
De savoir qu'on se gêne trop pour aider
C'est bon d'oser, d'être utile
Il faut juste comprendre les forces de la nature
Comprendre que Dieu octroie un avantage
Dieu donne toujours le centuple de nos efforts
Dieu accompagne les bienfaiteurs
Oui, je crois enfin que j'ai raison d'aider
D'aider tous ceux que je connais

Tous ceux qui sont dans le besoin
Sans rien attendre
Attendre quelque chose au retour
Sans trop chercher à comprendre
Comprendre pourquoi et comment
Comprendre quand et où
Oui, il faut que je sois humble
Que je garde mon intelligence d'amour
Mon intelligence dans le partage
Oui, mon savoir et mes connaissances
Je les conduis vers le bien commun
Le mal a toujours cherché à m'arracher mes
talents
J'ai à un temps donné cherché mon repère
J'en ai trouvé mais l'égoïsme l'étouffe
Je pensais qu'en m'appuyant sur le moi
Sur le moi seul, je gagnerai
Pour mieux faire mon don
Sans calcul
Sans doute
Sans complexe
Je ne m'enorgueillirai pas
De ce que je donne
De ce que j'ai donné
Je m'en réjouirai plutôt d'avoir été utile
D'être au service de Dieu

Je dois me complaire dans mes actions
Dans les démarches sociales envers autrui
J'avais longtemps pensé que je ne pourrai rien
Que je ne saurai rien donner
Que je n'avais rien de plus que les autres
Mais enfin j'ai finalement compris
J'ai compris en tournant mes yeux autour
En regardant derrière
En regardant à gauche ou à droite
Je me suis rendu vite compte que j'ai beau-
coup de choses
Beaucoup de choses à partager
Beaucoup de choses à valoriser
Oui, très tôt j'ai commencé à donner
Donner mon temps
Donner mes ressources financières
Donner le sourire à qui en a besoin
On peut aider les gens sans argent
Des gens ont besoin de notre sourire
Ils ne peuvent plus, ils ne peuvent pas s'exprimer
La douleur les a rongés
Ils ont souffert au point de disparaître
Apparaître sans pouvoir agir est triste
C'est cette douleur morale que certaines per-
sonnes endurent

Ils se sentent inutiles face aux problèmes de
la vie
Ils se sentent incapables de garder leur dignité
d'Homme
Ils subissent nuit et jour des douleurs affreuses
Des douleurs physiques et morales
Ils ont besoin de nous
Chacun peut être utile à l'autre
Merci de donner la main à ceux qui en ont besoin.

48 - Les mots sans maux (1)

Ces ponts sur ces voies
Ces voies sans ponts
Cet oiseau qui boit dans les bois
Sur ce pont, il pond ses œufs

Lui boit du vin sur la voie des bois
Car ses efforts sont vains
Il voit sur ces voies des bois et entend des voix
des oiseaux des bois

Sa voix sur ces chemins des bois
Là où il boit du vin sans vains efforts
On entend mal sa voix sur ces voies du bois
mais lui boit du vin après ses vains efforts

Son choix sans foi et ses droits sans loi
Ces lois sans droits donne droit au juge
Lui qui voit sur ces voies des droits
Et sa voix dit les droits

Il vient sur cette voie sans voix
Sa toux fait peur à tous ses amis

Gabin Conrad Afangnidé

Sans doute il tousse parce qu'il boit
Et comme il prend son vin et vend ses bois à
vingt mille francs sur la rue des vents.

49 - Les mots sans maux (2)

Cette fois sans foi, je vois dans la loi des voies
Quand j'entends des voix dans les bois des oiseaux de la Loire

Ces voix des bois sur les voies des rois.

Cette foi parfois donne des fois des droits
pour voir des voies droites vers des cris de
crickets qui crient souvent.

J'ai compris que parfois il faut le sang froid
pour comprendre des choses tirées des lois
sans aucun droit.

Ce jeu de mots contre les maux.

50 - Foutaises et conneries de krikri

Ces cons sont comme ces ponts qui font peur aux usagers de la route.

Ils font trop de foutaises comme des fous.

Ils foutent tout sur tout partout sans souci

Ces vieux assis sur ces vieux ponts font semblant d'aider les cons à comprendre qu'ils sont cons.

Mais comme eux aussi sont cons, ils n'ont pas réussi à trouver une stratégie pour éviter ces conneries supplémentaires.

C'est ainsi que fonctionne le système politique. On a vu de nouveaux cons entrer en jeu comme des héros mais par leurs multiples défauts, ils sombrèrent tous dans des erreurs plus graves que ceux qui animaient le jeu avant eux.
Maintenant, on comprend depuis que les cons de Gnindié qui ont remplacé les cons de Zowè-

bas sont aussi cons que les premiers cons car tous ne font que des conneries bizarres.

Pour Da Cathé les nouveaux agités qui bavardent politiquement à Krikri et font croire à ceux qui veulent les écouter sont aussi cons.

Pour cette dame de fer de Gnindié, seul Dieu est capable d'être sérieux dans ce moulin où on mélange maïs, haricot et soja ; un véritable n'importe quoi appelé politique sous les tropiques des Quoi-quoi-quoi.

51 - Da Cathé élue catéchiste de l'année

Ce jour devant les catéchumènes, elle faisait un exposé sur la morale fondamentale de l'Église catholique. Le curé de la paroisse Ste Marguerite de Gnindié, le Révérend Père Gilbert Djindjin était assis derrière les enfants pour suivre cet exposé. Un exposé qui lui a valu d'être la catéchiste de l'année.
La partie qui a plus marqué l'attention du curé était quand la sœur Da Cathé parlait des riches et des pauvres.

En effet, une personne peut être considérée comme un riche quand elle a d'abord sa tête sur les épaules - C'est donc par défaut que plusieurs personnes sont considérées comme des riches.
On est riche quand on est normal, humain ; là on est plus crédible, social et on inspire confiance.

Les faux riches ne possèdent pas ces vertus, ils ne sont pas normaux, on ne peut pas leur faire confiance, ils sont capables d'exploiter tout le monde pour leurs intérêts - Ils sont capables de détruire ou de faire détruire le monde quand la folie leur monte la tête.

La richesse ne s'obtient pas dans l'injustice, dans l'exploitation de l'homme par l'homme. La vraie richesse ne se cherche pas c'est elle même qui localise la personne et s'installe dans sa vie. C'est un don de Dieu.. Le Curé n'a pas hésité à prendre note au cours de cet exposé.

Il faut aussi retenir que l'enseignement est aussi un don, il n'est pas donné à tout le monde d'enseigner surtout la morale. Il est vrai que des gens enseignent parce qu'ils ne trouvent pas d'emplois dans leur domaine de compétence ou ne valent mieux ailleurs.
 Plusieurs chrétiens ne s'identifient pas dans la logique de la morale et de la richesse.
Exemple : exposé sur le « veritatis splendor » La Splendeur de la Vérité.
Le thème principal : vas, vends ce que tu possèdes et suis-moi !
Les chrétiens ne comprennent pas assez leur mission, leur contrat avec le Christ avec qui ils comptent bâtir leur vie. En tout cas, il ne s'agit

pas d'une vie de dépendance absurde mais une démarche participative qui engage le cœur du chrétien et le prépare pour affronter les défis ou enjeux de l'enseignement de l'évangile…

Note

Ces poésies et récits ne sont que des réflexions personnelles que l'auteur présente avec franchise et humilité.
Rien n'est dressé contre personne ni contre un groupe de personnes ou de catégorie sociale. Notre souhait est de voir un jour le chien et le chat manger ensemble.
Vos critiques sont les bienvenues, écrivez-nous sur gabinconrad@yahoo.com
ou leseditionsflamboyant@yahoo.fr
Visitez notre site www.gabinafangnide.com
Restons ensemble pour un Monde Nouveau.
"Ma Vision et mes Lunettes" a été intégralement rédigé par Gabin Conrad Afangnidé

Table des matières

Conseil éditorial : D. Gérard Houessou
Courriel : gekoudoh@yahoo.fr

ISBN 978-99982-963-5-0
Dépôt légal numéro 12793 du 15.01.2021
1er trimestre - Bibliothèque Nationale du Bénin.

Impression réalisée sur presses offset à
Cotonou - Bénin pour le compte de :
LES ÉDITIONS DU FLAMBOYANT
& COMMUNICATIONS
08 BP 271 Cotonou - Bénin